口で鳥をつかまえる男

アズィズ・ネスィン短篇集

アズィズ・ネスィン
護雅夫 訳

藤原書店

Aziz Nesin

Short Stories of Aziz Nesin

口で鳥をつかまえる男　目次

口で鳥をつかまえる男 …… 7
合いことば …… 15
ミスター・フィシャーが来る …… 36
神の恵みがありますように …… 44
自白 …… 53
新郎用の帽子 …… 62
みんな落ちこぼれ …… 77
そりゃあ、いいすぎだ …… 96
署名大使 …… 112
女社長 …… 119
正しい論争 …… 132

代議士の外套 …… 141
気　性 …… 156
親切は善行 …… 167
おじいさん …… 178
恐ろしい夢 …… 184
〈附〉アズィズ・ネスィン、半生を語る（一九八七年） …… 199

解　説（林佳世子） 224

口で鳥をつかまえる男

アズィズ・ネスィン短篇集

口で鳥をつかまえる男

僕は発車した市電の二番目の車両に何とか乗りこんだ。うしろのドアのタラップにとびのったのである。片方の手にかばん、べつの手に包みを持っていた。乗客の一人が肘をつかまえてくれ、僕はようやく上へあがった。なかは大変混んでいて、おしあいへしあいの有様だった。しばらくは誰もしゃべらなかった。それから、ちらほら、しゃべりだすものがでてきた。さらにそれから一人が話し、ほかのものたちは聞きはじめた。はなしているのは、「口で鳥をつかまえる男」だった。市電のうしろのデッキでみんなは聞き耳をたて、ときどき何か知りたいこと、わからないことがあると、彼に訊ねはじめた。問いがまだおわってないのに、「口で鳥でもつかまえる男」は、訊ねる男の言葉をさえぎって、「ははあ、それについちゃぁ……」とすらすらと説明しはじめた。何事であれ、ほんとに何事であれ、知っていた。

僕は「口で鳥をつかまえる男」をしげしげと眺めた。四十歳と五十歳とのあいだのように思われた。

衣服は、古くもなければ新しくもないようだ。ネクタイをつけず、シャツは妻君か娘かが縫ったものらしかった。僕は、彼は用務員かと思った。しかし、普通の用務員ではなく、二、三〇年間もさまざまな上流人のもとで用務員をつとめている男……。彼の話すところからすると、長いあいだ、毎日、何種類かの新聞を、社説からはじめて最後の面の広告にいたるまで読んでいるにちがいない。これらは、事務所へ無料で来る新聞だろう。大した教育をうけたとは思えない。

僕は、「口で鳥をつかまえる男」が毎日、どんなにして、新聞を読んでいるかを思いうかべようとした。彼は、長い廊下に壁を背中に椅子にすわっている。片方のひじを廊下の広い出窓にかけている。処方箋なしで買った眼鏡をかけ、新聞を、第一面から読みはじめる。一語一語、唇を動かして小声で新聞を読む。このようにゆっくりゆっくり読むので、読んだことは、みんなしっかりと覚えこむ。五、六行、読みおえたところで、ベルがなるか、目の前の入り口の上の色電気がつく。彼は新聞を出窓の棚に、眼鏡をポケットにいれて、部屋にはいる。帰りに、また新聞を手にとって眼鏡をかけ、新聞の読みのこした箇所を、しばらくさがして見つける。また小声で読みだす。これが、毎日、つづいていく。

市電のうしろのデッキで「口で鳥をつかまえる男」が、何時、どのようにして話しはじめたかは、しかとはわからない。僕が、彼の話に耳をかたむけたときには、デッキを埋めつくす人びとにマリリン・モンローについて話していた。

「あの女は、あんたらが考えているような女性じゃない、みなさん。どんな女優だって、だれかと結婚する、だがみてみろ、この女は賢いんだ」

「ええっ？　賢いというと？」

こう訊ねたのは、乗客の一人だった。

「とにかく賢いんだよ。どんなに賢いかは、ひとつには年とった男と結婚し、しかも、ふたつめには、男のなかで特上なのを選んだ」

「誰と結婚したんだい？」

「それについちゃぁ……、そりゃあ有名なベストセラー書きの小説家と結婚したんだ。その男が小説を一篇書くと、読者は泣くんだ」

「泣くって？」

「泣くの泣くのって……。一ページ読んだら、泣けて泣けて仕方がない。その男のペン先から血がしたたるんだ。皆さん。それにゃ、石でも辛抱しきれない。彼は、そういう小説を書くんだぜ」

「ブラヴォー……。その男にも、女にもブラヴォー」

「マ、リ、ニ、ン・ム、ン、ル、ー、は、ほら、こういう男と結婚したんだ。そのあとで、この男は、黒人問題のために、アメリガで裁判にかけられたよ」

一人の乗客が、

「その黒人問題というのは何だい？」と訊ねた。

「口で鳥をつかまえる男」は、ちょっと威張ってうしろにそりかえり、市電のデッキにびっしりつまっ

た乗客たちを見くだすように、

「ははぁ、その黒人問題についちゃぁ」と言った、「それは、別の問題……。アメリガの大統領がいうには、『我々は、黒人には大学へはいる自由を認めない』とさ。黒人たちは、『ああ、何てこった。一番有名なボクサーたちを、おいらたちが育てあげ、一番高名な陸上選手をおいらたちのあいだから出し、アメリガの国旗をオリンピックで揚げてやってるっていうのに、あんたらは、なんだっておいらたちが大学に行くのを認めないんだ』てなわけで政府に反抗し、……ええとなんだっけ、そうそう、国際連合に抗議文を提出してるんだ」

「そりゃあ、アメリカのやってることはまちがいだ」

「みなさん。ことの起こりはべつなんだ。アメリガの大統領は、万事、平等にしようと言ってる。黒人は黒人の学校に、白人は白人の学校にはいるように、というんだ。何故なら、あのアメリガにゃ、トルコの野党のような「グリューグラン」という団体があるからだ」

「何だい？　その団体は」

「ははぁ、その団体についちゃぁ……。この「グリューグラン」という団体のメンバーは、昼間は眠っていて、夜、暗くなると、ベッドシーツを頭にかぶり、亡霊のようにあらわれ、どこで黒人を見つけようと、その呼吸《いき》の根をとめるんだ」

「黒人どもは、何もしないのかい？」

「ははぁ、そのことについちゃぁ……。黒人どもも、人気のないところで、年のいったアメリガ人の女を見かけると、馬乗りになって、黒人どものために復讐するんだ」

「それじゃあ、連中は、おれたちよりも悪者だということった」

「ははぁ、その悪事についちゃぁ……。どの民族にも、それぞれに特有の悩みがあるもんだ」

「そのとおり……。ところで、そのマルリンの亭主は、何故、黒人どもをかばうんだい？　そいつも黒人なのか？」

「口で鳥をつかまえる男」は、まばたきして、考えてから、

「きっすいの黒人じゃない」と言った、「ちょっとばかり混ざってるが、きっすいの黒人じゃない。また以前、ある黒人は、アメリガの一婦人から一ドル盗んだといって、電気椅子にすわらされるよう判決をうけたんだ」

「その電気椅子というのは、何だい？」

「ははぁ、電気椅子についちゃぁ……。その椅子は、まあ、なんていうか、わたしどもの銃殺刑のような、または、そら、絞首刑みたいな……。アメリガ人は心やさしく、人間を立ったまま殺さないんだ」

「何とまあ……」

「そのとおりなんだ……。文明というのはすごいもんだ、みなさん。人間を、そのすわってるところで、知らせもしないで殺すんだ」

「つまり、疲れさせないように、てか……。一ドルのために、ええ？」

「その一ドルの問題についちゃぁ……。このドルといわれる貨幣は、世界でもっとも価値の高い貨幣だ。我国では、トルコの貨幣を四ドルに換算してる。以前には、一ドルが、闇値で一五リラだったのに、いまじゃ、調整されて、二〇リラになった。闇値はなくなってしまった」

「どのようにして、なくなったんだい？」

「そら、君。政府の公式ルートが闇値より高くなったんだ、こうなっても闇値がまだあると思うかい？」

「この、ドルはフランよりも高いのかい？」

「ははぁ、フランについちゃぁ……。フランというのはフランス人の金だ。このフランスにはド・ゴール元帥がいる。第二次世界大戦でフランス人たちは、このド・ゴール元帥の言うことを聞かなかった。もし聞いていたなら、フランスはエジプトを手に入れて、ジブラルタルを手に入れ、アルジェリアやその周りの国もすべて手に入れてたはずだ。でもフランス人は聞かなかった。それから、みなさん、ドイツ人がフランス人を悪魔のように攻撃すると、フランス人は何が正しいのか分かったんだ。ド・ゴール元帥も『憲法を改正せよ、じゃなきゃあ、自分は指揮しない……』と言ったんだ」

「それじゃあ、フランはどうなったんだ？」

「フランについちゃぁ……」

そのとき、他の一人が、

「つまり、フランスにも憲法があるのか？」と訊いた。

「口で鳥をつかまえる男」は彼のほうを向いた。

「すべての国には」と言った、「なにかしら、憲法があるものだ」

「それじゃあ、どんなもんに改正するんだい？」

「ははぁ、改正についちゃぁ……。フランスでは道徳がなくなった。道徳がなくなったら憲法を改正して、国民を固く締めつけて、誰も不正を働かないようにしたんだ」

「つまり、フランスの道徳はだめになってんのか？」

「だめになった。どうしてだめになったのか訊いてみろ……。すべて、観光客のせいだ。なぜなら、フランスには多くの観光客が来る。フランスの女性たちも、観光客が来るようにと、開けっぴろげに着飾って、歩き回り始めた。このために道徳がだめになって、フランも下落したんだ。フランが下落すると、ド・ゴールが仕事を始めた」

乗客の一人が、

「そっかあ、それで分かった」と言った、「でも、このアメリカのしたことは恥だ。あんな大きな国が原子を見つけて……」

「原子の問題は別だ……」

「それはどういうことだ？」

「皆さん、この原子というものは、指くらい小さなものだ。しかし、最初にドイツ人が発見したんだ」

「ドイツ人も有能だから……」

「ドイツ人についちゃぁ……。このドイツ人たちは原子を発見した、でも、発見しただけで、彼らは利用できなかったんだ。ヒトラーがもう少し歯を食いしばって我慢していたら、原子を利用し始めただろう。それからアメリガ人がドイツ人の学者たちを、すべての原子工場ごとアメリカに連れて行った」

「爆発させたんだ、そうじゃないか？」

「その爆発については別の話だ……。爆発についちゃぁ、アメリガ人は日本人に、島を明け渡すか、そうでなければ爆発させると言ったんだ……」

「日本人は島にいるのか？」

「島にいるんだ……。日本人はいつも水の上にいる。日本はちっぽけな島だ……。それから皆さん……」

乗客の一人が訊いた、

「韓国の件はどうなったんだ？」

ふと見ると、終点に着いていた。僕はエレンキョイで降りるはずだったのに、「口で鳥をつかまえる男」の話に夢中で、ボスタンジュまで来ていた。僕たちは市電から降りた。乗客はみな、散っていった。「口で鳥をつかまえる男」は、周りの者たちに、

「ははぁ、韓国についちゃぁ……」と言っていた。

僕も、引き返すために、他の市電に乗った。道々、読書が何と役に立つことよ、と考えていた。よく読む人は何でも知っている。僕は、

「ははぁ、読書についちゃぁ……」とひとり言を言った。

合いことば

ギョズテペにあるケナン元将軍の邸宅は、今日、大変な悲しみにつつまれている。ケナン元将軍は怒りだし、そばには誰も近づけない。しかし、元将軍には、それなりの理由がある。孫のオズトゥンチが、予備士官学校をおえてやって来た。オズトゥンチは、兵役で少尉に昇進できなかった。部隊へ准尉としてはいり、准尉の階級のまま帰宅したのである。その年、予備士官学校を卒業して派遣隊へ出た二千人以上の准尉のうち、少尉に昇進できなかったのはオズトゥンチただ一人だった。ケナン元将軍には、これが自分にふさわしいこととは、けっして思えなかった。

ケナン元将軍は、孫が帰宅する一〇日前に、オズトゥンチの司令官である将軍から、一通の手紙をうけとっていた。この将軍は、かつてケナン元将軍の部隊で、大尉であった。ケナン元将軍に大変目をかけられ、元将軍を非常に尊敬していた。手紙を書きおくったのは、このためである。将軍はその手紙のなかで、このかつての上官にあやまり、自分が大変骨折ったにもかかわらず、オズトゥンチを少尉に昇進させられなかったことをしるしていた。元将軍は、この手紙を読むとパンチをくらったようだった。元将軍は、いままで誰をも贔屓《ひいき》することはなかったし、また、だれからも贔屓されようとは思わなかった。孫のためにも、贔屓されることを、まったく望まなかった。しかし、どうしたことか、このオズトゥンチは、兵役で良い成績をあげられなかったのである。

ケナン元将軍の父も祖父も将軍だった。妻方の父と祖父、彼らも将軍だった。とりわけ、父は二度将軍になって、将軍のくらいを確固たるものにしていた。彼は、スルタン・アブドゥルメジドの治世に、師団将軍に昇進したが、のちにスルタンの逆鱗にふれて、階級を剥奪され、少佐に降等された。それからまた昇進に昇進を重ねて、少佐から、師団将軍に出世したのである。

邸宅の壁全面には、将軍たちをえがいた油絵がかけられていた。どちらを向いても、一人の将軍の油絵が見られた。壁の、将軍の油絵のないところには、むかしの思い出である剣、メダル、勲章、金銀糸の袖章、辞令がかけられていた。このような邸宅で生まれ育ったオズトゥンチが、予備士官学校で准尉から一階級昇進できなかったとは、どうしたことであろうか?

オズトゥンチは、ケナン元将軍の五番目の孫だった。元将軍が孫たちのうちで一番可愛がっていたのはオズトゥンチであった。このため、軍人の家系にぞくするオズトゥンチが、軍人として出世しなかったことは、元将軍を大変悲しませていたのである。

ケナン元将軍は、ずっと前に退役していたが、邸宅でぶらぶらしていたわけではない。庭園のすべての果樹をきちんと刈りこみ、にわとり、七面鳥、おんどりを飼っていて、毎朝、鳥小屋にいる鳥を点検するのだった。長いあいだ努力したすえ、にわとりに、おんどりを先頭にして一列縦隊で行進することを、それから、散開して草地で餌をついばむことを、教えこんでいた。

邸宅内部のあらゆる肘かけ椅子、椅子、テーブルは、みんな、きちんと並べられていた。靴入れの靴が、そのうち一足でも前に出すぎて、そろっていないようなことがあると、ケナン元将軍の神経にさわった。邸宅での生活はじつに秩序だっていた。どの家具がどの部屋に、どの棚にあるかを、誰でも知っていなければならなかった。

食事の最中に、ケナン元将軍は、突然、家族の一人に訊くのだった。

「君の万年筆は何処かね?」

こう訊かれたものは、

「上着の右の内ポケットに」と答えなければならなかった。

「君の上着の左の内ポケットには、何がある?」

「財布です」

ケナン元将軍は、家族全員のどちらのポケットに、どんなものをいれておくべきかを、紙に書いて命じておいたのである。

邸宅に飼っている猫どもですら、どこで、何時、歩きまわるべきかを、何時、「ニャオ」と鳴くのを禁じられているかを、教えこまれていた。要するに、ケナン元将軍は、家庭がどのように秩序だった生活をすべきかを示し、教えていたのである。毎晩、一〇時に床につくべきこと、すぐに睡るべきこと。うつらうつらと夢を見るのは禁止！　このために、毎夕の夕食は軽くしておかねばならず、躰のどの部分もむきだしにしてはならず、また、無駄な考えで頭を疲れさせてはならぬ。朝は、六時に起床すべきこと。

毎日、邸宅でどんな食事をつくるべきかは、日々、命令によって知らされるのだった。

ケナン元将軍は、多人数の家族を、庭園の樹々を、鳥小屋の鳥を、家中の猫をきちんとしつけるのにあまりに一生懸命になったものだから、疲れてしまって、八十九歳九か月という退役元将軍の躰に麻痺がきた。

躰の右側、右手、右足は、思うように動かなかった。話すのも困難になっていて、口がよくまわらなかった。しかし、こういう状態になっても、彼は、邸宅内での自分の役目をやめなかった。片方の手は杖に、片方の手は壁、階段の手すりにすがりながら、半身不随の躰をひきずり、朝、六時になっても起きないものがあれば、杖でドアをたたきたたき、彼らを起こしてまわるのだった。まわらぬ口で号令をかけ、邸宅内の人びとを恐れおののかせながら、それぞれの仕事につかせるのだった。

ちょうどこうした状態のとき、最愛の小さい孫が、少尉に昇進できないで除隊させられたことを知ったのである。悲しみのあまり、二日間、寝室から出られなかった。この二日のあいだに、邸宅内の秩序は乱れてしまった。夜中まで起きているもの、昼まで睡っているものも出てきた。壁の油絵の額ぶちすら、かけられている釘のところで傾いていた。ケナン元将軍は、傾いてかけられた額ぶちを見ると、大変怒ったものだったのに。椅子、テーブルの並び方も乱雑になった。庭園にいる猟犬さえ、時ならぬ時に吠え、おんどりどもは、目もあけないのにときを告げはじめた。

しかし、この混乱状態はわずか二日つづいただけだった。ケナン元将軍が起きあがって歩きまわりだすと、万事、以前どおりあらたまった。

オズトゥンチは、兵役から帰り、邸宅へ来ていた。オズトゥンチをいちばん可愛がっていたため、彼の不成績ぶりに大変気分を害した元将軍は、

「あいつの顔なんか見たくもない！」とさけぶのだった。邸宅の人びとは、ケナン元将軍に何か起こって急死するかもしれぬとおそれていた。彼らは、オズトゥンチを許してやるよう頼みこんだ。しかし、老兵は、最愛の小さい孫の顔を、どうしても見ようとしなかった。

オズトゥンチは、金髪で、若枝のようにほっそりした、羽毛さながらにふわふわした、かわいい青年だった。

「おじいちゃんに僕の言うことを聞いてほしい。説明して、もし、僕に悪いところがあれば、そのときには、おじいちゃんがどう言おうとかまわない」と言いつづけていた。

邸宅の大広間で、家族会議が開かれた。オズトゥンチの言い分を聞こうというのである。本当に、何の罪もないのに少尉に昇進しなかったのなら、ケナン元将軍のもとへ行って、説明するつもりだった。

広間に集まった人びとは、男女あわせて一四人だった。彼らは、上面が大理石で、鍍金された大テーブルのまわりにすわっていた。壁にかけられ、彫刻・鍍金された額ぶちのなかの将軍たちが、彼らを

ながめていた。

「説明しなさい、お前、オズトゥンチ。お前の言い分を聞こうじゃないか」

こういったのは、八十歳になる叔父だった。

オズトゥンチは話しだした。

「誰も、僕を不当にあつかいはしませんでした。僕に不法を働いたものはいませんでした。僕を昇進させなかった件では、みんな、正しかったのです。ですが、僕には、これっぽちも過ちはありません。とにかく、みんな、あのズィレ出身のオメル・アリーのせいなんです」

青年の声は昂奮のため震えていた。いまにも泣きださんばかりだった。

叔父は、

「ズィレのオメル・アリーだって？　そりゃ誰だ？」と訊いた。

「ズィレのオメル・アリーは、僕の分隊の兵隊です。とにかく、みんな、あの男のせいなんです。でなきゃ、僕の上官は、一人のこらず、僕を可愛がっていてくれたんですから。僕は、ただの一日も、任務を怠ったことはありません。点検も、大変良くやりました。僕の分隊の兵隊全部に読み書きを教えました。射撃訓練でも、全員が良い成績をあげました。僕は、夜となく昼となくはげんだんです」

叔父は、

「じつは、それらの点は、お前の上官の将軍も、手紙に書いている。だが、お前が、何故、昇進できなかったかは、書いていない。きっと、大変な過ちを犯したに違いない。それを説明しろ！」と言った。

「除隊の一か月前に、演習に出ました。将軍は、祖父を知っているため、僕の分隊を師団司令官付きにしてくれました。演習で、僕たちは紅軍にぞくしてました。僕の分隊は、師団の司令部勤務についていて、毎夜、司令部の天幕を見張ってました。これらの合いことば、暗号は、毎夜、ちがってました。僕は、夜ごとに、歩哨たちにちがった合いことばと暗号とを与えてました。歩哨たちは『とまれっ！』とさけんで、まず『合いことばは？』と訊くのです。夜分、そこらあたりで誰かをみると、歩哨たちは『とまれっ！』とさけんで、こんどは『暗号は？』と訊くのです。それも言うと、その暗がりから出てきた男が合い言葉を言うと、こんどは『暗号は？』と訊くのでした。

このズィレのオメル・アリーは、僕の当番兵でした。ある夜、僕の分隊を歩哨地に行かせるまえに、兵隊たちに、

『みなに言っとく。今夜の合いことばは「雨《ヤアムル》」、暗号は「女《カドゥン》」だ。分かったか？』と言いました。

みんな、異口同音に、

『諒解しました、分隊長殿』と答えました。

『もう一度言ってみろ。合いことばは？』

『雨《ヤアムル》』と大声あげました。

『暗号は？』

『女《カドゥン》！……』と大声あげました。

『いいか、忘れるなよ。誰かが合いことばを知らず、暗号を言わなかったら、そいつは、青軍兵だと知れ。よっく注意しろ!……本官が合いことば、暗号を言えなかったら、本官すらとおすんじゃない。本官すらだ。わかったか?』

『諒解しました。分隊長殿』

僕は、みなが忘れないように、『雨《ヤアムル》』、『女《カドゥン》』のような、誰でも知ってる言葉を選んだんです。あたりが暗くなりました。歩哨たちは、歩哨地へ行きました。夜半《よなか》ごろ、僕は、オメル・アリーに、『司令部へ行くように。何か情報があるかもしれない』と命じました。オメル・アリーは出かけて行きました。僕は、組立てベッドに横になりました。睡りこんだようです。朝方、ふと目ざめると、あたりには、僕の分隊以外には誰一人いません。ただ、僕の天幕がのこっているだけです。そして、僕の哨兵たち……。我がオメル・アリーは、一人の哨兵のまえに立ってます。哨兵に、『とおしてくれ、はいるんだ。急ぎの命令があるんで』と言ってます。

哨兵は彼に、

『合いことば、暗号を言わなきゃ、俺の父親の息子であろうと、とおしゃしない』と言っている。

オメル・アリーは、

『言ったじゃないか、ねえ、ほら……』と答えている。

哨兵は、叫んでいる。

『合いことばは?』

『雨《イラフメト》……』

『ちがう……』

『絶対、雨《イラフメト》だ。兄弟』

『暗号を言ってみろ』

『女《アヴラト》……』

『ちがう……』

司令部から、命令書をよこしたらしいんです。三時に、天幕を集めて、敵軍、つまり青軍を追跡するはずだったようで。オメル・アリーは、この命令書をうけとって来たんですが、哨兵がとおしてくれないので、なかへはいれなかったようです。朝方まで、哨兵と言い争ってたらしいんで。

『合いことばは?』

『雨《イラフメト》……』

『ちがう。暗号は?』

『女《アヴラト》……』

『ちがう……』

夜明けまで、ずっとこの調子。部隊は全部、出発してしまい、ただ、僕の哨兵だけが残されたようです。

僕はかっとなって、駆けだしました。オメル・アリーに、

『本官は、貴様に、合いことばは「雨《ヤアムル》」、暗号は「女《カドゥン》」だと教えたじゃないか?』と怒鳴りました。

オメル・アリーは、

『私はそう言ってます。それでもとおしてくれないんで……』と言いました。

『どう言ってるんだ?』

『合いことばは「雨《イラフメト》」、暗号は「女《アヴラト》」』

『「雨《イラフメト》」じゃない、「雨《ヤアムル》」だ……』

『どちらでも同じことで。上官殿。「雨《イラフメト》」でも「雨《ヤアムル》」でも……』

僕は、分隊を、急いで集合させました。山々を、斜面をさがしさがし、六時間のちに、やっと、司令部を見つけました。将軍に、事のしだいを説明しました。将軍は、ほほえんで、

『もう二度とこんなことはないように!』と言いました。

その夜、分隊を、また、集めました。

『みなに言っとく。合いことばは「水牛《マンダ》」、暗号は「着物《エルビセ》」だ……。いいか、忘れるなよ。合いことば、暗号を知らないものをなかへいれるんじゃない。本官がそうだったら、本官すら、だ。復唱! 合い言葉は?』

『水牛《マンダ》!』

『暗号は?』

『着物《エルビセ》……』

みんなに、三回、復唱させました。忘れないようにと、こんども、誰でも良く知ってる言葉をえらんだんです。歩哨たちは歩哨の部署につきました。僕は、何か命令があればうけとってくるようにと、オメル・アリーを、司令部へ行かせました。朝になりました。ふと目ざめると、あたりには、またもや、僕の歩哨たちと、僕の天幕とがのこされてるだけ……。

歩哨は、オメル・アリーに、

『合いことばは？』と大声をあげてます。

彼は、

『水牛《ジャームース》……』と答えてる。

『ちがう……』

『絶対、水牛《ジャームース》だ』

『ちがう。暗号は？』

『着物《ウルバ》』

一晩じゅう、こうして、口論しつづけてたようです。僕は駆けだして、オメル・アリーに、

『本官は貴様に、合いことばは「水牛《マンダ》」だと教えたじゃないか？』と怒鳴りました。

『どちらでも同じことで、上官殿。水牛《マンダ》でも水牛《ジャームース》でも』

『暗号は着物《エルビセ》だと教えたじゃないか？』

『そう言われました。なので私は、着物《ウルバ》と申しました』

分隊を集合させて、出発しました。ようやく、夕暮ごろに、部隊を発見できました。将軍に、事のしだいを説明しました。将軍は、こんどは、笑いませんでした。

その夜、合いことばとして、「死人《オル》」、暗号として「寝台《ヤタク》」を与えました。いずれもトルコ語だから忘れまいと思ったのです。どの兵士にも、一〇回ずつ復唱させました。オメル・アリーをまた、司令部へ行かせました。しかし、こんどは横になりませんでした。彼の帰り道に立っている歩哨のそばの灌木の根元でしゃがんで待ってました。しばらくして、歩哨にむかって、ひとつの影が歩いてきました。

歩哨が、

『合いことばは?』と大声あげました。

暗闇のなかから声が聞こえました。

『死《メファト》……』

『ちがう……。暗号は?』

『敷き布団《ドシェキ》』

『ちがう……』

暗闇から聞こえたのは、オメル・アリーの声でした。

『合いことばは?』

『死《メファト》……』

『暗号は?』

『敷き布団《ドシェキ》……』

『両方ともちがう……』

僕は飛びだしました。

『なかへはいれっ!』とオメル・アリーにむかってさけびました。

僕は、すぐさま、オメル・アリーを、当番兵からやめさせました。万事うまくゆくようになりました。オメル・アリー以外の分隊員は、すべて、合いことば、暗号を覚えてましたから。

演習の最後の夜でした。その夜、合いことばは「パパアン(おうむ)」、暗号は「頭《カファ》」でした。歩哨たちは、部署につきました。当番兵をやめさせられたオメル・アリーは、司令部のすぐ前で、歩哨についてました。

当番兵が僕の天幕に来て、

『将軍が貴官をお呼びです』と言いました。

僕は、すぐさま、天幕を出ました。二三時ごろでした。途中にいる歩哨が、

『合いことばは?』と大声あげました。

その声からすぐわかりました。オメル・アリーでした。僕には、何か、だしぬけに訊かれると答えられない、という癖があります。だしぬけに、

『お名前は?』と訊かれると、自分の名前を忘れてしまうんです。

暗闇のなかから、僕の二歩まえにいるオメル・アリーが、とつぜん、

『合いことばは?』と、大声あげた途端、僕は、合いことばが何であったかを忘れてしまいました。いや、ありようは、合いことばが「パパアン（おうむ）」であったことは知ってるんですが、「パパアン」という言葉が思い出せないんです。

オメル・アリーは、一息もいれずに、

『合いことばは?……』と、大声あげます。僕は、

『オメル・アリー。本官は分隊長だ』と、声をかけました。

『存じてます。准尉殿。私どもの分隊長であります。合いことばをおっしゃらなければ、おとおししません。准尉殿は、そう命令されました』

オメル・アリーがこう言うと、僕は、『パパアン』という言葉を、すっかり忘れてしまいました。

『オメル・アリー、本官は、准尉じゃないか?』

『准尉殿であります。分隊長殿。ちょっとでも動かれぬように。合いことばをおっしゃらなければ、おとおししません』

その前の夜、歩哨の一人が、合いことばを言わないのに僕をとおしたので、罰されたのでした。オメル・アリーはいま僕が彼をためしているんだと思ってたんです。

『おい、オメル・アリー。とおしてくれ、行くんだ。将軍がお呼びなんだ』

『おとおししません。分隊長殿。元帥殿がお呼びであろうと、おとおししません。合いことばを言っ

かです。

てから、おとおり下さい……』

将軍の天幕は、少し前方にありました。僕の天幕と将軍の天幕とのあいだには、五〇歩あるかないかです。

将軍は、僕が来ないのを知ると、天幕から出られたようです。

『オズトゥンチ准尉!』と、さけんでおられます。

僕も、将軍に、

『いま参ります。将軍殿』とさけびました。

オメル・アリーは、

『合いことばをおっしゃらなきゃ、何処へも行けません……』と言った。

『おい、オメル・アリー。本官は……』

『存じてます。分隊長殿。私どもの分隊長殿であります。合いことばをおっしゃらなきゃ、おとおししません』

『口先まで出てるんだ。オメル・アリー。だが、思い出せないんだ』

将軍は、また、天幕から出た。

『オズトゥンチ准尉!……』と呼ばわった。

『いま参ります、将軍殿』とさけびました。

オメル・アリーは、

『動かれぬように。その場にとどまっていて下さい!』と言った。

『おい、オメル・アリー!』

『はい、分隊長殿』

『口先まで出てるんだが、ねえ』

『おっしゃって下さい。分隊長殿……。口先まで出てるんなら、口に出しておっしゃって下さい。合いことばは?』

『おお、神様……。鳥だったんだが……。ほんとに知ってるんだが、思い出せないんだ。ほら……』

僕たちがこういう調子で言いあってると、将軍が、天幕の入り口から、怒りたけって怒鳴りました。

『何処にいるんだ? オズトゥンチ』

『此処におります。将軍殿。いま参ります』

オメル・アリーは、

『合いことばは?』と訊きました。

『オメル・アリー。本官は、この鳥を知ってる。名前が思い出せないんだ。「パ」のつくものだ。「パ」の文字がついてる』

『合いことばは?』

『鳥《クシュ》だ』

『ちがいます……』

『しゃべる鳥だ、ほら。人間のようにしゃべるんだ』

『合いことばは?』

『「パ」がついてる。「パ」だ……。「パ」のついた、しゃべる鳥だ。鴉《カルガ》くらいの大きさだ。そうじゃないかね?』

『ちがいます』

将軍の声が聞こえました。

『オズトゥンチイー……』

『はい、将軍殿』

『何処にいるんだ?』

『此処におります。将軍殿。いま参ります』

歩哨にむかって、怒鳴りました。

『オメル・アリー!』

『はい、分隊長殿』

『将軍が呼んどられるんだ』

『呼ばせておけば良いでしょう。分隊長殿。合いことばは?』

『オメル・アリー。それは、鳥、鳥なことはたしかだ。籠のなかにいる。鴉《カルガ》くらいのものだ。「パ」がついてる。「パ」のついた鳥だ。そら、知ってるじゃないか』

『ご存知なら、おっしゃって下さい。分隊長殿』

将軍は、怒ってどなった。

『オズトゥンチイー！』

『いま参ります。将軍殿』

『何処から来るんだ？』

『此処から参ります』

『さあ、来るんだ！』

『承知いたしました』

僕は、歩哨の方にむきました。

『オメル・アリー』

『はい、分隊長殿』

『貴様が言って、思い出させてくれ。貴様。本官は、忘れてしまったんだ』

『ほんとのところ、私も、忘れてしまいましたんで。分隊長殿。知ってたら、申し上げるんですが、何とも仕方がありません』

『知ってなくても、「鳥《クシュ》」と言ったら、どうしてとおしてくれないんだ？』

『鳥ではありません。鳥ですが、何という鳥で？　ほんとの名前をおっしゃったら、私も思い出します。分隊長殿』

『しゃべる鳥だ。人間のようにしゃべるんだ。鴉《カルガ》くらいの鳥で、「パ」がある……。「パ」がついてる……。カルガ……。パルガ……』

『ちがいます……』

『カプガ……。パプガ……。カルパ……パッパ……。口先まで出てるんだ……』

将軍の天幕から、一人の兵士が出てきました。

オメル・アリーは、その兵士に、

『合いことばは？』と大声あげました。

やってきた兵士は、

『パパアン！……』と答えました。

僕は、すぐに

『ああ、そうだ。おうむ《パパアン》！……』と言って歩きだしました。

オメル・アリーは、

『暗号は？』と訊ねました。

やってきた兵士は、

『頭《カファ》……』と答えました。

僕も、

『頭《カファ》……』とさけびました。

その兵士と僕とはすれちがいました。むかいあった兵士は、敬礼しました。

『分隊長殿。将軍は、分隊長殿に用はないとのことです。もう来させるなと、おっしゃってます』

と言いました。

夜がしらじらと明けつつありました。僕は、オメル・アリーと、二時間も、合いことばを考えつづけてたらしいんです。べつの一兵士と上等兵とが来て、オメル・アリーと歩哨を代わりました。僕は自分の天幕に戻りました。その日、演習が終わりました。僕は一週間あと、除隊になりました。でも、僕は、ほかの失敗は、何ひとつやらかしませんでした」

叔父は、オズトゥンチに、

「よし、わかった。合いことばは何だった?」と訊ねた。

オズトゥンチは、

「合いことばですか?」と訊いた。

「そうだ。合いことばは何だった?」

「おお、神様。いま、覚えてたんですが。いましがた言いました、ねえ、叔父さん……」

「いましがたかい? 何と言った?」

「まったくわかりません。鳥です。『パ』のついた鳥です」

「プルプル《オートバイ》かい?」

「いいえ、叔父さん。ほら、しゃべります。パルガだったかな、なんだったかな……。パパガ……。

おお、神様」

叔父は、

「とにかく」と言った、

「将軍のところへ行って、いま言ったことを話そう」

家族会議は解散した。みんな、一部始終を、ケナン元将軍に説明しに行った。

ミスター・フィシャーが来る

局長が、

「そろそろ寒くなってきた。どうしてストーヴを焚かないんだ?」と訊ねた。

管理課員は、

「局長」と答えた。「ストーヴを一つ一つ検査させましたところ、くだが古くなってて、とても使えそうにはありません。ストーヴを焚いたら、みんな煙で窒息してしまいそうなんで」

局長は怒った。

「おい君。それを何故もっと早く言わないんだ? くだが穴だらけだといって、この冬、僕らは凍え死にするつもりかい? 急いで書くように!」

管理課員は、メモ帳に局長の言う下書きをノートしはじめた。局長は、立ったまま言っていた。

「『管理局長宛。冬が来た……関係上……』書いたかい?」

「書きました、局長」

「『関係上……ストーヴ《ソバ》のくだの修理面が……』書いたかい？」

「書きました、局長。『修理面が……』」

「『必要になりましたので、古いストーヴ《ソバ》のくだ《ボル》を台帳から抹消し……』」

「『だい……ちょう……から……まっしょう……し……』それで？」

「ようし。『必要と見なされる数の……』書いたかい？」

「『か……ず……の……』書きました、局長」

「『数のストーヴ《ソバ》のくだを購入するために……』」

「はい、局長」

「『必要な処置を講じられるようお願いいたします……』これを、いますぐ、タイプしろ。僕が署名《サイン》するから、持って来るように」

「かしこまりました。局長」

管理課員は局長室から出た。ミシン目のはいったメモ帳から下書きされたページを破りとって、タイプ嬢にわたした。

「これを大急ぎでタイプするように、君。局長が署名《サイン》されるんだ」

タイプ嬢は、タイプライターに紙をいれた。前においた、なぐり書きの下書き原稿を読もうと努めた。紙面には、ストーヴのくだ以外のメモも書かれていた。

管理課員は、タイプ嬢がタイプした多くの書類を全部たずさえて、夕方、局長のもとへ持参するのだった。彼は、書類をさしだすたびに、それぞれの要旨を説明していた。

「これは、ストーヴ《ソバ》のくだのためのものです。局長」

「ははぁ、よし、わかった」

局長は署名した。

＊＊＊

管理局長は、その朝、テーブルの上におかれた書類を読んでいるさい、それらのなかで、つぎの書類が、何のことだかさっぱりわからなかった。

「管理局長宛。冬が来た関係上、水道《ス》のくだ《ボル》の修理《ターミル》面が必要《イクティザー》になりましたので、古い水道《ス》のくだ《ボル》を台帳《テルキニ・カイドゥ》から抹消し、必要と見なされる数の水道《ス》のくだ《ボル》の購入《ムバヤア》に関し、必要な処置を講じられるようお願いいたします」

管理局長は、その局へ新任してきたのだった。呼びりんをならして、前からいる職員の一人を呼んで、

「水道《ス》のくだは、僕たちの局の管轄かい？」と訊ねた。

職員はとまどった。

「どんな水道《ス》のくだで？　局長？」

「ごく普通の水道《ス》のくだだ」

職員は考えこんだ。それから、物知り顔で、

「水道《ス》のくだは、管財局の管轄です」と言った。

管理局長は、用紙をさしだした。

「さあ、これを管財局に届けなさい！」

職員は局長室から出て、局長のわたした紙面を読んだ。それから、この紙面どおりに下書きをノートし、タイプさせるため、秘書にわたした。

＊＊＊

管財局長のところへ来た書類に、つぎのように書かれていた。

「管財局宛。冬《クシュ》が来た関係上、水道事務所《スビュロ》の国家面《ミーリー》に二人の人間《イキ・ザート》となりましたので、古い水道事務所《スビュロ》を廃止《テルキ》し、時期《ヒーニ》を登録《カイドウ》して、必要と見なされる数の水道事務所《スビュロ》を購入《ムバヤア》するために、必要な処置を講じられるよう、なにとぞお願いします」

管財局長は読んだ。もう一度読んだ。それから、インターフォンのボタンをまわしながら、

「おい、アラーエッティンくん、水道課は何処だ。知ってるかい？」と訊ねた。

インターフォンから返事が聞こえてきた。

「水道課ですか？　ええ、と、局長。私の記憶が正しければ、水道課は、技術局にあるはずです」

「一通の書類が来たんだ。君にとどけるから、何かしなければならないなら、書いてくれ、頼む」

管財局長は、来た書類を、用務員に、アラーエッティンへとどけさせた。

＊＊＊

技術局長は、テーブルに山積みになった書類を読んでいて、つぎの書類を目にした。

「技術局宛。伝票《フィシュ》が来た関係上、水道事務所《スビュロ》の国家面に二人の人間《イキ・ザート》が任命されることなりましたので、古い水道事務所を廃止し、必要時期《ヒーニ・ハジェッテ》を登録《カイドウ》して、必要と見なされる数の水道事務所などを塗り《ボヤ》かえるために、必要な処置を講じられることを、管財局からの書類にもとづき、なにとぞお願いします」

技術局長は、この書類を読んだ。一度読んだ。もう一度読んだ。内容がわからなかったので、書類の下に、「関連部局として、水道管理局に送付のこと」というメモをしるした。

＊＊＊

水道管理局次長は、ある日、以下のような書類を受けとった。

「水道管理局宛。伝票《フィシュ》が来た関係上、水道事務所の国家面に二人の人間が任命されることになりましたので、古い水道事務所を廃止・放棄し、近代的設備によって、新しく水道事務所を整備することについて、当局よりの指示にしたがい、水道事務所、ないし、古い水道事務所を塗りかえる必要が生じたので、貴局の専門技師によって報告書を作成し、当局に提出するよう、本局に送付されることを……」

水道管理局次長は、この書類を何度も読んだ。内容がわからなかったので、局長のもとへ持って行った。局長は、一度読んだだけで諒解した。喜んで、

「ようし」とさけんだ、「僕は、何年間も、このことを言ってたんだが、わかってもらえなかった。有難いことに、遅すぎたとはいえ、ようやくわかってくれた」

次長は、

「わかりましたが」、といった、「伝票《フィシュ》の意味がわかりません。『伝票《フィシュ》が来た関係上……』と書いてあります」

「ミスター・フィシャーだよ、君……」

「ミスター・フィッシュですか？」

「君。去年、僕は、外国人専門技師を要求したが、そのさい、ミスター・フィシャーというアメリカ人がくることになってただろう、ほら……」

「さらに、二人の人間の任命とは何のことか……」

「二人じゃ足りん。このことは、たった二人の人間でやりとげられるような仕事じゃない。君、いますぐ、市当局へ書類を書きたまえ。職員を一二人要求するんだ。これが一つ、それに塗りかえるだけじゃ駄目だと書くこと。設備を変えなきゃならん。これが二つ……」

＊＊＊

あくる日、新聞の第二面に、誰にも理解できない、つぎのような記事が出た。

「今年、水不足の悩みは解消。関係当局より知りえたところによれば、今や、使用にたえなくなった当市の水道設備は、新計画によって変更され、こうして、市の水不足は、全面的に解消することになった。この目的のため、アメリカ合衆国から、水道専門技師ミスター・フィシャーが、我国へ招聘されたのである」

＊＊＊

市長に、つぎの書類がとどいた。

「市長宛。ミスター・フィシャーが来られる関係上、本スタッフを技師二〇名によって強化し、準備を完了する必要がありますが、その理由は、別紙のとおりです。なにとぞお願いします」

この書類を副市長の一人が読むと、彼は、すぐさま、市長のもとへはしった。

「市長、ミスター・フィシャーが来るようです」

「ミスター・フィシャーがかい」

「はい、そうで……。ミスター・フィシャーです……」

「すぐ、準備をさせるように……」

＊＊＊

ストーヴのくだの修理を望んでいた局長のテーブルに、つぎの書類が来ていた。

「渉外局長宛。

ミスター・フィシャーを団長とするアメリカの技師団が、ちかく我国を訪問するという通達が来ました。歓迎計画を準備のうえ、急ぎ送付されるよう願い上げます」

局長は職員を呼んだ。

「ミスター・フィシャーを団長とする技師団が来る」と言った、「歓迎計画を準備せねばなるまい」

「かしこまりました！　タクシム広場に、夜、色彩噴水を……」

「そうだ、そうだ。そのうえ、イェニ・モスクにイルミネーションをつけさせることと書くように」

局長は、ちょっと黙った。それから、

「ストーヴのくだはどうなった？」と訊ねた。

「知らせました、局長……」

「おい、僕らには、何の処置もとられてない。もう一度知らせるように」

「かしこまりました！……」

神の恵みがありますように

凶悪犯のゼンゴがつかまった。五県の境域内で、彼がおどしつけ、やっつけないものは誰一人いなかった。人びとを戦慄させた山賊が、ようやくわなにかかったのである。

彼が市役所の前の大通りをとおるとき、その端から端まで、彼を見るために来た群衆でいっぱいだった。その両手は、大きい環の鎖でしばられ、ぶらさがった鎖の端は、地面にひきずって、ガチャガチャ音をたてていた。右側に二人の憲兵、左側に二人の憲兵、うしろに五人の憲兵がつき、憲兵隊長の下士官が前を歩いていた。

みんなが彼に関心をもち、見たがっていたものの、誰も彼にちかづけなかった。うしろにいるものが、この凶悪犯を見ようとして前にいるものを押すと、前のものは、それにさからってあとずさりし、この凶悪犯にちかづくのを恐れていた。憲兵たちにかこまれたゼンゴが進むにつれて、群衆は左右に分かれ、彼の前は空《あ》けられた。しかし、散らばった群衆は、遠くからであれ、前後に唾をはきかけるのをやめなかった。ゼンゴに石を投げるものすらいた。年よりの女たちは、こぶしをにぎりしめていた。

「あん畜生！　ゼンゴ！……」

「くたばれ！　ゼンゴ！……」

どんな悪党でも、多少は、一人や二人は、かれが好きだというものはいるもんだ。少なくとも、その近親は、可愛がる。だが、ゼンゴについては、誰一人、実の兄弟すら、彼を嫌っていた。彼が一刻も早く絞り首にされるのを、誰よりも望んでいたのは、彼の住む村の連中、近親だった。

いかに乱暴な、いかに凶暴な悪党についてさえ、でっちあげであっても、いくつかの良いところは語りつがれるもんだ。たとえば金持ちから奪って、貧民に分け与えたとか、孤児の娘たちのために結婚披露宴をひらいてやったとか。何ごとであろうと、何か一つ良いことがあるというものだ。けれど、ゼンゴについては、誰も、何一つ良いことは言わなかった。このゼンゴは、子供のときから乱暴者だった。殺人を、しかも、何の理由もないのに情容赦なく人を殺すのをたのしみとしていた。彼が殺すのは、金持ちであろうと貧民であろうと、女であろうと男であろうと、老人であろうと若者であろうと、彼にとってはまったく問題ではなかった。何年も、山々を独りで歩きまわっていた。彼の仲間になろうと、彼にちかづくものは、誰一人いなかった。

彼が捕らえられたとき、もっていたのは五リラほどの小銭《こがね》だけだった。しかし、彼が殺したものから一〇リラずつ奪ったとしたら、彼のポケットには金貨がつまってるはずだった。だが、彼は金銭《かね》をもってなかった。というのは、彼は金銭《かね》のために人を殺したのではなかったからである。彼は、人を殺すために人を殺していたのである。あらゆる人間を殺して、この大地で、独りで、らくらくと暮らすことを望んでいたのかもしれない。より正しくは、彼が、何故、人を殺すのか誰にもわからなかった。多分、彼自身にもわからなかったのだろう。

　子供のとき、つかまえたにわとりの頭を、歯でひきちぎったという。そのあと、猫の眼をえぐり、犬の腹を裂《さ》きはじめたという。

　彼がはじめて山へのぼったのは、結婚初夜のことだったといわれる。

　ゼンゴは、彼の村随一の金持ちだった。ただ彼自身の村だけでなく、近辺のあらゆる村々でも随一の金持ちだった。こういうわけで、大変美人の娘と結婚した。娘の父親に、百頭の羊群と、金貨三百リラをわたして、娘と結婚したのである。娘は床入りする夜まで、ゼンゴの顔を見たことはなく、この夜、はじめて見たのだった。見たとたん、金切り声をあげ、両手で顔をおおって、逃げだした。しかし、逃げだせるところはなかった。ゼンゴが戸をおさえていたからである。娘は顔を手のひらでおおい、泣き泣き背中を壁にもたれかけさせて、隅にうずくまった。指のあいだからゼンゴを見て、大声で泣いていた。

　ゼンゴを見たら、恐れぬわけにはいかなかった。背丈《せたけ》は二メートルをこえていた。両手はオールくらい大きかった。さらに、何はさておき、その顔……。生まれたとき、騾馬の顔をした赤んぼが生まれたと、全村民があわてふためいた。その頭は、ただ騾馬の頭に似てるだけではなかった。すこし騾馬、すこし豚、すこし水牛……。おどろくべき頭だった。あらゆる動物に似ていたが、ただ人間にだけ似ていなかった。

彼の母親はこの赤んぼを熊にはらまされたのだと言うものすらあった。ゼンゴは、成長するとさらに恐ろしくなった。額はせまかった。茶碗ほども大きい両眼のうち一つは額に、一つは右下についていた。

でっかい鼻は、面《つら》に突きささったナイフの柄さながらだった。口はまがっていて、大きかった。なまのあばら肉《ピルソラ》のような下唇は垂れさがり、大きな歯が見えた。顔じゅうが、毛でおおわれていた。

美人の新婦は、こんなゼンゴを見ると、恐怖のため震えながら、隅にうずくまり、両手で顔をおおった。指のあいだからゼンゴを見るたびに、金切り声をあげていた。

ゼンゴは笑おうとしたが笑えなかった。何故なら、どう笑っていいのかわからなかったからである。両手をひらき、新婦に向かっていった。新婦にほほえみかけ、彼女に、「恐れないで、恐れないで。おれを」と、頼むつもりだった。

彼女に頼みこみ、自分が人間であることをつげ、

「大声たてるなよ。外で聞くものがあったら、恥ずかしいよ。大声あげるない！　お前が望むなら、あきらめるよ。明日《あす》の朝、実家に帰れ！……」と言うつもりだった。

しかし新婦は、このことがわからなかった。ゼンゴが両手をひらいて自分に向かって来るのを見ると気を失って、空袋《から》のようにその場で倒れてしまった。

ゼンゴは冷静さを失わずに、新婦を優しくなでながら、しめ殺した。それから、彼女を抱いて、朝方まで一緒に寝た。そして、夜が明けぬうちに、こっそり山へのぼって行った。

そののち、一週間もたたぬうちに、ゼンゴは娘の父親を殺した。しかし、これは、なみの殺人ではなかった。父親を、ばらばらに切り刻み、それぞれを村道にまきちらしたのである。あくる朝、あちこちの道に、指、耳、鼻がちらばっていた。

ゼンゴはそのあと、自分の二人の兄妹《きょうだい》を殺した。兄妹は、彼のように醜くもなく、恐ろしくもなかった。彼は妹の頭から石油をかけ、夜、火をつけた。妹は、夜の暗闇のなかで、炎につつまれて、山々に向かって駆けながら焼け死に、灰になってしまった。

兄を、ある夜、斧でばらばらにたたき切り、頭、腕、胴体、脚を、べつべつの木につるした。

そののちも、ゼンゴの殺人はあとを絶たなかった。まず、自分の親類たちを殺した。子供といわず、女といわず、老人といわず殺していた。殺しても怒りがおさえきれないと、死体を焼きはらった。彼は山で暮らしていた。動きがとれなくなって、つかまりそうだと知ると、県の境界を越えて逃げだすのだった。

一度捕らえられたが、刑務所の壁に穴をあけて逃亡した。

憲兵たちにかこまれて大通りを歩いていく凶悪犯に、群衆は石を投げ、顔に唾をはきかけていた。しかし、彼にちかづくのを恐れていた。

彼の胸には、弾薬帯がななめにかけられていた。彼は巨人さながらに歩き、大変大きい脚は、駱駝の足の裏のように、がしがしと地面を踏みつけていた。

武器、弾薬を取りあげられたゼンゴは、刑務所の地下にある独房に投獄された。裁判がはじまった。ゼンゴは弁護士を頼まねばならなかった。しかし、金銭《かね》を持っていなかった。自分の村にある広大な土地、全財産、家畜群、家を売りはらって、莫大な金銭《かね》を手にいれた。しかし、こんどは自分を弁護してくれる弁護士が見当たらなかった。ゼンゴを憎まぬものは誰一人いなかったので、どの弁護士も、彼の弁護をひきうけようとはしなかった。たとえひきうけても、何の役にもたたなかったろう。どんな弁護士でも、ゼンゴを死刑からまぬがれさせることができぬことはわかっていた。そのためにも、弁護をひきうけなかったのである。しかし、結局ゼンゴは一人の弁護士を見つけ、この弁護士に多額の金銭《かね》をわたした。

誰も彼《か》も、死刑からまぬがれさせることができなければ、ゼンゴはその弁護士を殺すだろうと言っていた。処刑されるまえに刑務所から逃げだし、多分、法廷で、弁護士を殺すだろうというのである。彼は、ある人を殺そうと計画すれば、必ず殺すのだった。一〇人、一五人かかっても、この並々ならぬ大男にはかなわなかった。

ゼンゴ自身は、弁護士が自分を、たんに死刑からまぬがれさせるだけでなく、刑務所からさえ解放してくれると信じこんでいた。あれほど多額の金銭《かね》を弁護士に渡したんだから、弁護士はゼンゴをすくわねばならなかった。

裁判は長びいたが、最後に、弁護士がゼンゴを弁護する順番になった。何がおころうと、まさしく、この法廷でおこるはずだった。ゼンゴは、銃剣を手にした一〇人の憲兵にかこまれて裁判所へ来た。両手に手錠をかけられたゼンゴに向かって、群衆のなかから多くのものが、

「くたばれ！　ゼンゴ！……」

「絞首刑、絞首刑！　ゼンゴ！」

とさけんでいた。

法廷にはいるさい、ゼンゴの手首にかけられていた手錠がはずされた。ゼンゴは、二人の憲兵にはさまれて、法廷へはいってきた。

弁護のために、弁護士が立ちあがって、咳ばらいした。これは、震えた、怖がった咳ばらいだった。ゼンゴには、弁護されうるようなところは何一つなかった。すべての罪状は、証人たち、記録類から明々白々だった。ただわかってるだけでも、二〇人を惨殺していた。そのほか、わかってないものがどれだけあるか、知れたものではなかった。弁護士は、すくえるかもしれぬという期待から、ゼンゴは精神異常者であると主張したが、診療の結果、ゼンゴが精神異常者でないことが、医師の診断書からわかっていた。弁護士がゼンゴを弁護できる言葉は、ほんとうに一つもなかった。法衣の腕のゆったりした袖にいれた手で、まず裁判長を、ついでゼンゴを指さし、口をきった。

「裁判長、および、判事団の皆さま……。私の弁護依頼人は無罪であります。同人の無罪を示すには、そのさわやかなひたい、その同情心にみちた眼を一目見るだけで十分だと思います。裁判所におねがいします。被告席にいる弁護依頼人を、よっく御覧ください。同人に負わされている多くの罪状が、

この罪なき、このさわやかな、この明るい容貌から、期待できるでしょうか？　いいえ、できません！」

弁護士は、興奮して熱弁をふるった。この弁論は一時間つづいた。話すさい、声を、あるいは低くし、あるいは高くして、ハープの弦のように震わせ、また、あるいは早く、あるいは遅く、弁じたてた。しかし、その全努力は無益だった。彼のどの言葉も、刑事たちにも、傍観者にも、効果的な影響をいささかも与えなかった。どうあっても、ゼンゴをすくえぬことを知っていた弁護士は、少なくとも、被告からわたされた金銭《かね》に報いるよう弁護していた。ただ一人だけ、弁護士の言葉に心を打たれたものがいた。彼は泣いていた。それはゼンゴであった。ひたいの、茶碗のように大きい眼は、涙ぐんでいた。弁護士を見るとき、ほほえもうと努めていた。裁判は、判決をくだすため一か月延期された。

ゼンゴは、法廷から出ると、弁護士の手に接吻した。彼の全生涯を通じて、彼を「良い人物」と呼んだ唯一人の人物は、この弁護士だったのである。

彼は刑務所から弁護士に、さらに、五千リラおくった。それより前にも、多額の金銭《かね》をわたしていた。

「神の恵みがあるように。このような弁護士に神の恵みがあるように……」と言っていた。

裁判長が判決をくだした。死刑……。ゼンゴは、弁護士を見て、ほほえんでいた。刑務所から弁護士に、さらに五千リラおくった。

判決が最高裁判所からもたらされ、死刑が承認された。ゼンゴは、

「神の恵みがあるように。このような弁護士に神の恵みがあるように……」と言っていた。

死刑の判決は、議会でも承認された。ゼンゴは笑っていた。うれしそうだった。ゼンゴはすべての金銭《かね》を弁護士にゆずった。

ゼンゴは、絞首台へ連行されるため、独房から出されるとき、

「神の恵みがありますように。このような弁護士に恵みがあるように……」とつぶやいていた。ほほえんでいた。

自白

その日、諸新聞の第一面に、三人の男の写真がべつべつに掲載された。

第一の男は、電車内で、乗客の一人のポケットから一五〇リラ盗んだ掏摸《すり》だった。

第二の男は、その電車内で、ポケットから一五〇リラ盗まれた男だった。

第三の男は、金銭《かね》を盗まれないのに、「掏摸《すり》どもが、僕の上着のポケットを切りさいて、金銭《かね》を盗んだ」と嘘をついた男だった。

諸新聞のべつべつのところに、それぞれ別の報道の下に、この三人の写真が掲載されていた。このために、読者たちには、この三人のあいだにどんな関係があるのかわからなかった。ところが、この三人のあいだには、盗まれた金銭《かね》をめぐって、密接な関係があったのである。この三人のあいだの事件は、ある夕方、大変混んだ満員の電車のなかでおこった。

筆者は、まず第一の男からはじめて、順々に、ほかの二人について語り、そのあとで、この三人のあいだにおこった事件についてのべることにする。

第一の男の名は、ジェマールである。ジェマール・ベイは、五十九歳である。彼には、二十六歳年下の妻君がいる。妻君は、みにくくてヒステリーである。ジェマール・ベイは、それとは正反対に、温和でおとなしい男である。二人のあいだに子供はない。この夫婦は、夜となく昼となく喧嘩する。いや、ありようは、亭主は喧嘩せず、妻君の方が、独りで喧嘩してばかりいるのである。自分の方から喧嘩をふっかけず、このかわいい喧嘩に加わらない亭主にしんそこ腹をたて、いらいらした妻君は、最後には、辛抱しきれなくなって、ジェマール・ベイをひどくぶつ。ジェマール・ベイが妻君に日に何度かぶたれることを知らない隣人たちは、一人もいない。みんな、この哀れなジェマール・ベイに同情している。彼があまりの痛さに大声あげて泣くのを、聞くものは聞く。聞かないものは、聞いたものから耳にする。

つぎは、あの電車内で、金銭《かね》を盗まれた第二の男についてである。彼は四十歳で、その名はハックである。彼は警察で、刑務所で、また、友人のあいだで、メンゲネ（万力《まんりき》）・ハックと呼ばれている。こう呼ばれるのは、一度、他人のポケットから金銭を盗もうと思いたったが最後、そのあとを追いつづけ、万力《まんりき》さながらに絞めつけ押しつけ、どうあってもその財布を盗むからである。彼は名だたる掏摸《すり》である。その評判は、大変ひろまっていて、どこで掏摸《すり》事件があっても、犯人は、まず第一に彼ではないかとされ、しばしばつかまえられるほどである。したがって、彼自身が盗まなかった金銭《かね》のため、迷惑をこうむったことも多い。

つぎに、新聞に写真が出た、ポケットから金銭《かね》を盗まれないのに、自分の金銭《かね》が盗まれたといって警察をだまそうとした男に関してである。その名はムーサーである。年齢は二十六歳。昨年、イスタンブルへ来て、ある会社で用務員をつとめている。手に入る金銭《かね》が大変少ないので、生活に困っている。しかも結婚していて、二児の父親である。

さてつぎに、この三人の男が事件のおこった電車で、どうして一緒になったかを、一人一人についてのべることにしよう。

朝、目をさますかさまさないかに、妻君からその日の第一発をくらったジェマール・ベイは、小声で泣いていた。妻君は、

「起きなさいよ。ぐずぐず泣いてないで。出かけてって店の家賃をうけとってくるのよ。それから、このミシンの革ベルトを一本買ってくること。早く帰って来なさいよ！」と言った。

脚つきミシンの革ベルトが切れたので、妻君はその切れた革ベルトを渡して、それと同じものを買ってくるよう言ったのである。ジェマール・ベイは、イスタンブルのあちらこちらに、父親ゆずりの家、店舗をもっていて、それらから集める家賃で、二人は暮らしていた。集めた家賃を、一クルシュにいたるまで、妻君にわたしていた。その日妻君は、家賃をうけとるため、彼を一軒の店へ行かせたのである。

ジェマール・ベイが恐れてぱっと起きあがり、身支度しているさい、妻君は、

「けっして、おそくなるんじゃないよ。殺してしまうよっ！」と言った。

ドアから出るときも、うしろから、

「お金銭《かね》を全額《みんな》持って帰るのよ。さもなきゃ、ぶちのめしてしまうわよっ！」とどなった。

ジェマール・ベイは、切れた革ベルトを新聞紙にくるんで持ち、まず、店の家賃、一五〇リラをうけとった。それから、妻君が注文した革ベルトを探し求めはじめた。カラキョイからトプハーネにいたるまで、あらゆるところをさがしまわったが、何処にも見つからなかった。店員たちは、笑って、

「さがしても無駄ですよ。ありませんぜ」と言っていた。

もし、見つけられないと、妻君からぶちのめされるだろう。銀行通り、ユクセキカルドゥルムをさがしまわった。ある一人が、

「多分、オスマンベイの部品屋にあるかもしれない」と言った。

行ったが、見つからなかった。

「そんなら、カスムパシャへ行くことだ！」

場所も教えてくれた。行ったが、見つからなかった。

「ひょっとすると、ベシクタシに……」

行ったが、見つからなかった。

「それなら、ゼイティンブルヌ工場へ行ってみたら……」

日が暮れてきた。ジェマール・ベイは、イスタンブル中をさがしまわったが、もとめる革ベルトは見つからなかった。一八時……。もう、何処へも行けなかった。というのは、革ベルトをさがしまわ

り、タクシー、バス、乗り合いタクシー《ドルムシュ》代をはらって、その日うけとった家賃、一五〇リラがなくなってしまったからである。ポケットには、二五リラしかのこっていなかった。どう言ってみたところで、妻君を信用させられるはずはなかった。おくれたために妻君にぶたれ、また、一五〇リラの始末を妻君に信じてもらえぬためにさんざんぶたれ、さらに、革ベルトをみつけられなかったためにこん棒でぶちのめされることは必至だった。通りで、

「おお、神様。わたしはどうしたらいいんで？　何か良い知恵をおさずけください！」と独りごとを言いつづけていた。

いっそ死んでしまおうか……？

ポケットにのこった二五リラで帰宅しようと、電車に乗りこんだ。満員だった。彼は一角に押しつけられた。まさしく、そうした混雑のなかで、偉大なる神は、彼の望んだ知恵をさずけたもうたのである。

ジェマール・ベイは、

「あれぇ……。おれの金銭《かね》を掏りやがった！」とさけんだ。

あまり大声をあげたので、みんな、急にあわてふためいた。運転手は電車をとめた。

ジェマール・ベイが、妻君の手からまぬがれるには、これより手はなかったのである。掏摸《すり》が金銭《かね》を盗んだ。あたりに金銭《かね》はない、掏摸《すり》もいない……。ジェマール・ベイは、たすかるというわけである。

そこで、この事件の第二の男、有名な掏摸《すり》、メンゲネ・ハックについてであるが、彼は、一か月前、いなか成金の四千リラ入りの財布をいただいてからは、他の「仕事」には何も手をつけていなかった。その夕方、自分のうでを示すためにではなく、正々堂々とカラキョイへ行くために、電車に乗ったのである。彼は普段は電車に乗らなかった。掏摸《すり》をはたらかない場合には、こんな混雑したところへははいらなかった。しかしその夕方は、タクシーも、乗り合いタクシー《ドルムシュ》も見つからなかったので、待っているよりは電車に乗るよりしかたがなかったのである。つまり、彼がジェマール・ベイと同じ電車に乗ることになったのは、まったくの偶然だった。ジェマール・ベイが、

「あれぇ……。おれの金銭《かね》を掏りやがった!」とさけんだとき、メンゲネ・ハックは、彼のすぐそばにいた。どうしたらいいかうろたえた。このことは、誰もが、彼がやったと思うはずだった。逃げてもつかまる。じっとしていてもつかまる。メンゲネ・ハックは、まさに、こううろたえて、自分のおかさなかった罪からまぬがれようと、ジェマール・ベイが、

「あれぇ……。おれの金銭《かね》を掏りやがった!」とさけぶやいなや、彼は、つづいて、

「そうだ、おれは見たぞ。そら、こいつが盗みやがったんだ……」と、大声あげた。そして、彼らのうしろにいた男の手をつかんだ。

さて、ここで、この事件の第三の男、ムーサーについて語ろう。ムーサーはその日、電車に乗る少し前に、金銭《かね》を盗んだ。しかし、彼が盗んだのは、一五〇リラではなく百リラだった。しかもそれは、電車の乗客の金銭《かね》ではなく、彼の同郷人の金銭《かね》だった。

その間の事情について説明しよう。ひどい貧乏に困っていたムーサーは、その夕方、仕事から出てくると、会って借金しようと、木賃宿に寝起きしている同郷人のもとへ行った。木賃宿の部屋のドアは開いていたが、同郷人はなかにいなかった。その上着が、壁の釘にかけられていた。ムーサーは、とたんに誘惑にまけ、釘にかけられた上着のポケットをかきまわした。手にはいった百リラを全部、ポケットにいれてこっそり逃げた。だいたい同郷人は彼が来たのを見なかったんだから、彼が金銭《かね》を盗んだのを、どうして知りえようか。ムーサーは通りに出ると、最初に来た電車にとびのった。ジェマール・ベイとメンゲネ・ハックの乗っている電車にムーサーが乗ったのは、まさに、このようにしてであった。メンゲネ・ハックが、

「そうだ。おれは、金銭《かね》を盗むのを見たぞ。金銭《かね》を、こいつが盗みやがったんだ！」と言って、手をつかまえた男は、まさしく、このムーサーだったのである。

この三人は、一緒に、それぞれの襟をつかみながら、警察署へはいっていった。ジェマールは、一五〇リラ盗まれたもの、ムーサーは掏摸《すり》、メンゲネ・ハックは証人として……。一人の警官と警部とは、彼らの言い分を聞いてから、警部は、副警部に、

「僕の当番は終わった。家へ帰る。あの件は、君が処理してくれ」と言った。

副警部は、

「何の件で？」と訊ねた。

ドアから出るところだった警部は、三人を指さして、

「電車で、こいつがこいつの金銭《かね》を盗み、こいつがそれを見たというんだ……」と言って、帰ってしまった。

副警部は、ドアのうしろの釘にかけられた警棒のうちから、一本を手にとり、ジェマール・ベイに、「さあ、ついて来い。自白するんだ。調書をとるから」と言った。

彼は、ジェマール・ベイの背中を押し押し、べつの部屋へ連れこみ、ドアをしめた。しまったドアのむこうから、外にいるメンゲネ・ハックとムーサーとが聞いたのは、以下のごとくだった。

「やい、この野郎。さあ、言って見ろ。どんなにして盗んだんだ。あいつの財布を」

「誰が？　わたしがですか？……わたしめは……」

そのあと、「ああ……。ほんとに……。けっして……。わたしは……。あっ痛いっ……。そうじゃないんで……。後生ですから……。ああっ！」というような、短い、きれぎれの言葉が聞こえた。そして、声はとだえた。

副警部の姿が、部屋のドアのところに見えた。警棒を左手にして、右手のひらに唾をつけた。それから、ムーサーに、

「お前が来るんだ！」と言った。

ムーサーはなかへはいった。ドアがしめられた。なかから、また、きれぎれの声、短いうめき声、ときどき、さけび声が聞こえた。そのあとで、声はとだえた。

三番目に部屋へはいったのは、メンゲネ・ハックだった。

自白がおわってから、新聞記者たちが集められた。カメラマンが、ジェマール・ベイ、メンゲネ・ハック、ムーサーの写真をとった。一人の警部が、記者たちにむかって、この三人の、タイプされ、署名された自白調書を読みあげた。この調書中の自白によれば、メンゲネ・ハックは、電車内で、ポケットから一五〇リラ盗まれた。警官は、すぐさまその泥棒をつかまえた。それは、掏摸《すり》のジェマールだった。彼は罪状を自白していた。ムーサーはといえば、その自白調書によると、生活苦に悩んでいた。会社からあるところへ持って行くようにと、一五〇リラをわたされた。この金銭《かね》のうち、五〇リラをつかいこみ、この使った五〇リラを何ともできないので、「おれの金銭《かね》を盗みやがった」と嘘をついたのだった。警部は、

「ほら、これが証拠だ……」と言って、ムーサーがもっていた百リラを、記者たちにしめした。

あくる日、諸新聞に、三人の写真がべつべつに掲載された。掏摸《すり》のジェマール、金銭《かね》を盗まれたハック、そして、金銭《かね》が盗まれないのに、「盗まれた」と、嘘をついたムーサー……。

諸新聞で写真を見ても、それらのあいだの関係がわからなかった、この三人の短い冒険譚は、ほら、このとおりなのである。

新郎用の帽子

　タフタカレからチャクマクチュへ出るさい、ケマーネヴィ木賃宿は右手に当たる。紺色の毛織りの洋服を着た青年が、そこへはいった。中庭の水汲みポンプのそば、藁あみの低い腰かけにすわって、両脚を組み、琥珀製の数珠を繰っていた亭主の傍に行った。

「有難う。さようなら、これでお別れだ、ドゥルムシュ旦那」と言った。

「多分、朝早く出発するんだ」

両手で主人の手をつかみ、敬意を表してしっかりにぎり、振りはじめた。主人は、

「もう、出かけるというのかい?……わしからもさようなら……」と言った。

「仕方がないんだ、ドゥルムシュ旦那。村をほうっておくのはよくないんで。秋になったら、多分、また此処へ来るよ……」

　主人は、

「あのムーサーは、あんたの村の者《もん》かい？　メフメット」と訊ねた。

「おれの村の者《もん》じゃないが、近いんだ。あいつの村からおれのところまで、八時間だ」

「あのムーサーは、どうして、生まれ故郷へ帰らないんだ？　五年間というもの、此処をはなれたことはない……」

メフメットは、「おれは知らんよ」と答えたが、自分の部屋へはいると、考えはじめた。ほんとに、あのムーサーは、どうして五年間、村へ帰っていないのだろうか？

窓が一つしかない木賃宿の部屋へ、夕方、早くはいる。メフメットは、壁の釘につるされた、うしろに鏡のついている五号サイズのガス灯に火をつけ、寝台に横になった。両手を枕にして考えにふけった。同室のムーサーは、どうして、ちっとも村へ帰らないのだろうか？

下から、かまどの大鍋で羊の頭を煮る羊頭料理人のたてる音が聞こえてきた。短靴の鋲が石に当たって、コツコツと音をたてていた。やって来たのはムーサーで、彼の足音だったのである。

ムーサーは、背負いかごを背中からおろしてドアの前におき、部屋へはいってきた。ガス灯が早くからつけられているのが気にさわったようだが、同室の友人の出発は翌日なので何も言わなかった。

「洋服は立派だ。いくらで買った？」

「高かったよ」

「高いって、いくらだ？」

「当ててみろ、さあ。値ぶみしてみろ……」

「紙幣百枚で買えたんなら、まあまあだ」

メフメットは、してやったりとばかり笑った。

「九六枚で買ったんだ」

「いい買物をしたよ」

「その上、フェルト帽を買うつもりだったんだが、くそったれ。洋服より高いんだ。フェルト帽一つが、お札で百枚」

「フェルト帽」という言葉を聞くなり、ムーサーは顔をしかめた。彼も友人同様、あおむけになって寝台に横になった。彼の頭は、目を見張るばかり大きかった。左の目は、下のまぶたが裂け、目は、下にむかって大きく開いていた。額の傷の縫目のあとがはっきり見えた。口もとから上の方へ、右頬にも、傷のあとが見えていた。

メフメットは、

「亭主と別れの挨拶をしてるとき、お前のことを訊ねてたぜ」と言った。

「おれの何を訊ねたんだ?」と言った。

「どうして生まれ故郷へちっとも帰らないんだ、と訊ねたんだ」

「亭主にゃ関係のないこった……」

二人とも黙りこんだ。しばらくして、メフメットが、

「何か、村にいられないことでもあるのかい?　それが何だかわからないんだが」と言った。

ムーサーは、ひとことも言わなかった。

「頼むよ、ムーサー、話してくれよ。何故、村へ帰らないんだ?」

「おれは、もう、村へは帰らない」

「何故?」

「そりゃあ、ひどい目にあったんだ」

「いったい、何があったというんだ?」

「誰にも話さないなら……」

「絶対話さないよ」

「おれは、お前と一緒に、このイスタンブルへ来たよな」

「ああ、一緒に来たよ」

「おれがイスタンブルへ来たのは、じつは二度目なんだ。以前に来たことは、お前にゃ黙っていた。おれにゃ、義母のおじがいる。おれも、おじと呼んでいる。このおじには、養女がいる。名前はギュルルだ。おれより三つ四つ年下なんで、ずっと、一緒に大きくなった。ある日、俺は谷川へ、水牛を連れて行った。上の方から、『ムーサーア、ねえぇ、ムーサーア』と、誰かが大声で呼んでいる。見あげたら、あのギュルルだ。『何があったんだ、お前。何をそんなにさけんでるんだ?』と訊ねた。『早く、早く、とにかく早く、ムーサー。村へ男が一人来たの。頭に、おんどりのとさかのような帽子をかぶってるのよ』と答えた。おれは、水牛をそこにのこして、ギュルルのそばへ行った。二人は駆けだした。ふと、茶店の前に来たら、なるほど、そこに帽子をかぶった男がいる。おれたちの村じゃ、そのときまでフェルト帽をかぶったものを見たことがなかったんだ。その男は、徴税人だったようだ。村長が、このフェルト帽の男を村の集会所へ連れて来たんだ。おれたちは笑いだした。笑うわ笑うわ、大笑い……。ギュルルは、涙を流して笑ってる。

まあ、手短に話そう。このギュルルは大きくなった。大きな村で、たった一人の美人だ。もう、おれには目もくれなくなってしまった。村の若い者《もん》たちは、みんな、いつもギュルルにつきまとっている。見知らぬ奴のところへ嫁《ゆ》くかもしれぬと、おれははらはらしている。あの娘をちょっと見かけると、思うことがうまく言えなくなってしまうんだ。

おれたちの村にゃ、みんながシリン婆さんと呼ぶばばあがいる。民謡をでっちあげる。恋文をとどける。仲介をする。もの売りをする。何でもかんでもやるんだ。おれはこのシリン婆さんに、悩みをうちあけた。婆さんは、ギュルルに話したようだ。手短に話そう。おれたちはある晩、あいつの家の鳥小屋のうしろの戸口で会った。おれは、『おい、ギュルル。情知らずめ。おれを痛めつけ、悲しませやがって。人間、たまには姿を見せるもんだ……』と言った。あいつは、『お義母《かあ》さんが外へ出してくれないのよ……』と答えた。おれは、『おい、このおれたちのことはどうなるんだ……。おまえを、ケル・マームドのとこのアーリフに嫁《とつ》がせてしまうと聞いたが……。アーリフのところへ嫁《い》ったら、おい、お前を生かしちゃおかぬぞ。承知しておけ』と言った。あいつは、『あの人は、好きなようにさせときゃいいのよ。アーリフと結婚するというのは誰よ?』と言った。おれは、『この情知らずめ。

おれと結婚してくれるかい?』と訊ねた。あいつは、『あんたのところへも、アーリフのところへも嫁《い》かないわ』と答えた。おれは、『おれに、血刀《ちかたな》もたせるなよ、情知らずめ。言ってみろ、心に誰を想《おも》ってるんだ?』と訊ねた。あいつは、『誰も想《おも》ってなんかいないわ』と答えた。おれは、『それなら、何が問題なんだ?』と訊ねた。あいつは、『そら、知ってるでしょ。村へ、まえに男が一人来たわ。頭に、おんどりのとさかのような帽子をかぶって……』と言った。おれは、『あの徴税人のことを言ってるのかい。わかったよ。おい、あれは帽子とはいわない。フェルト帽というんだ』と言った。あいつは、『あのフェルト帽を、ちょっとためしてみなさいよ。あんたも買ったら……』と言った。言ったかと思うと、あいつは、鳥小屋へ逃げこんで、戸口のかんぬきをむこうからかけた。おれは、戸口へ上った。あいつは、『無茶しないでよ。ほんとに、大声あげるわよ』と言った。おれは、『おい、このことはどうなるんだ。何か、ひとこと言ってくれよ……』と言った。あいつは、『言いたいことはもう言ったわ……』と答え、なかへ逃げてってしまった。そこで、おれにゃわかった。フェルト帽さえかぶりゃ、あいつはおれと結婚してくれるんだ。あくる日、おれは町へ行った。そのとき、町へ行ったのはもう二度目だった。あちこちさがしまわったが、どの店にもフェルト帽はおいてない。人びとを見たが、誰ひとり、フェルト帽をかぶっていない。と思ったら、向かいから、フェルト帽の男が二人見えた。この二人のあとをつけた。どなたですか、と訊ねた。一人は町長、一人は教師だった。つまり、ひとかどの人物なら誰でもフェルト帽をかぶるということだ。あのギュルルは利口な娘だ。このフェルト帽というものは、男性によく似あうんだ、お前。男をいっそう男らしくさせるんだ。『さすが。おい、ギュルル』とつぶやいた。できることなら、フェルト帽を買うんだ。おれたちの村じゃ、フェルト帽というものはまだ風習《しきたり》になっちゃいない。フェルト帽をかぶろう。それから婚礼披露宴をやろう。ケル・マームドのアーリフめをびっくりさせてやるんだ。

村へ帰った。町へ行って、フェルト帽を買うつもりだった。ちょうどそのとき、兵隊に行かなきゃならなくなったじゃないか！　お前。兵隊に行く日の夕方、おれたちは、また鳥小屋のうしろの戸口で会った。あいつはおれを見ると、『あら、フェルト帽をかぶってくるはずだったじゃないの。この嘘つき……』と言った。おれは、『おい、フェルト帽のことは簡単だ。ほんとに町へ行ったんだが、フェルト帽を売ってる店は、一軒も見当たらなかったんだ。これから兵隊に行くんだ。こん畜生。帰ったらフェルト帽を買うつもりだ』と言った。あいつは鳥小屋へ逃げ、むこうからかんぬきをかけて、『無茶しないでよ。ほんとに大声あげるわよ』と言った。おれは、『おい。おれにゃつきがなくて、フェルト帽がかぶれなかった。それに、兵隊へ行かにゃならなくなった。おれの帰りを待っててくれるかい？』と訊ねた。あいつは、『まず、フェルト帽をかぶってから来なさいよ……』と言った。

シリン婆さんを通じてこう連絡した。おれは面目にかけて約束を守る、頭にフェルト帽をかぶせよう。あいつも約束を守って、おれを待つように。そうでなきゃ、あいつを生かしておかない。

手短に話そう。おれは兵隊へ行った。兵役中に、三つの県と五つの郡とを見たが、俺は四六時中、フェルト帽をかぶってるものを見ていた。このフェルト帽というものは、男を別の男にするもんなんだ。ちょっと見ると、むかいから王様が来る。そいつがいきなりフェルト帽を脱ぐと、男らしさはちっともない。フェルト帽をかぶると、王様になる。

兵役中は、お前も知ってのとおり、煙草銭にもことかく始末で、フェルト帽がどうして買えるというんだ。除隊するやいなや、まっしぐらに村に戻った。シリン婆さんは、『あのギュルルって娘は、フェルト帽、フェルト帽と言ってばかり。このフェルト帽ってのは一体何だい？』おれは、『あんたにゃわからんことだ。シリン婆さん』と答えた。夕方、鳥小屋のうしろで、ギュルルを見た。『おい、おれは、祖国の義務を立派に果たしてきたぞ。わかったかい？』と言った。あいつは、『どうしたのよ。頭のフェルト帽は？　フェルト帽なしじゃ駄目だわよ』と言った。おれは、『兵役中に、フェルト帽が見つかるとでもいうのかい？……』。いま、兵隊から帰ったばかりだ。とにかく、できることなら、まず帽子を手にいれるつもりだよ』と言った。おれがあいつの腕をつかもうとすると、あいつはなかへはいってしまった。娘はフェルト帽、フェルト帽と言うばかりだ。

おれは町へ行った。フェルト帽は、みんな高く、手に負えない。どうにも仕方がなく、村へ帰った。夕暮れ、おれは鳥小屋の入口で、ギュルルと会った。あいつは、おれを見ると、『どうしたのよ、フェルト帽は？』と訊ねた。おれは、『まあ待てよ、お前。聞いてくれ。おれは、あのフェルト帽をかぶるため、異郷《よそ》へ行くつもりだ。ほかにゃてがないんだ。ぐずぐずしてないで、すぐ出かけ、イスタンブルという異郷へ行く。そこで一生懸命働いて、フェルト帽をかぶり、故郷《くに》へ帰って来る。何か、これに言うことはあるか？　情知らずっ』と言った。おれが、あいつの腕をつかもうとすると、あいつはまたまたなかへ逃げこんで、かんぬきをかけてしまった。『フェルト帽をかぶってから来なさいよ』

と言った。おれは、『おれにつきがあれば、できることならフェルト帽をかぶってくる。待っててくれよ。約束を破ったら、生かしちゃおかんから』と言った。

手短に話そう。おれは、このイスタンブルというところへ来た。まず、市で、ごみ集め人夫の仕事を見つけた。働いても働いても、お前、フェルト帽の代金は集まらない。ろくでもないフェルト帽でも、紙幣四〇枚。考えたが、これじゃ仕事にならない。六か月、ごみ集め人夫をしてから、ある役所の用務員になった。四か月で、紙幣を四〇枚貯《た》めた。そこでフェルト帽屋へ行った。紙幣五〇枚のフェルト帽があった。このフェルト帽たるや、それをかぶるとねこが獅子のように見える。紙幣二〇枚でも、フェルト帽はあるにはあるが、これをかぶると、獅子がねこのように見える。ろくでもないフェルト帽を買ってかぶっても、ギュルルには、おれのかぶったフェルト帽は気にいらないだろう。これじゃ何になる？　手短に話そう。おれは、三か月あちらで、五か月をこちらで働きに働いて、紙幣を百枚、ポケットへ入れた。紙幣八〇枚のフェルト帽があるというフェルト帽子屋へ行った。お前、人間にゃ、つきがなけりゃならない。こんどは、どのフェルト帽も、みんなおれの頭に合わないんだ。どれもこれも小さいんだ……。フェルト帽子屋は、フェルト帽をおれにかぶせてくれるが、そのフェルト帽は、おれの頭に、蝶々がとまったように、ちょこんとのっている。これの仕立屋はないものか？　フェルト帽をあつらえよう、と考えた。だがな、お前、これは、帽子の寸法にしたがわねばならぬもので、このおれの頭の寸法に合った帽子はつくれないという。

でっかいイスタンブルに、どれだけ帽子屋があろうとも、それらを一軒のこらず見てまわった。わかってくれよ、おれの頭は何と大きいことか、どのフェルト帽も、おれの頭には似あわないんだ。最後に、ある帽子屋のショーウィンドウに、ばかでかいフェルト帽を見つけて、なかへはいった。

『このフェルト帽はいくら?』と訊ねた。帽子屋は、

『売りものじゃないんで……』と答えた。

『売りものじゃないのに、どうして、ガラスの前においとくんだ?』

主人は、

『あれは、宣伝のためなんで……』と答えた。

『何のためであろうと、ねえ、とにかく、あれをおれにかぶらせてくれよ』

帽子屋は、でっかいフェルト帽を、ショーウィンドウからとり出して、おれにかぶせると、笑いだし、

『御立派! けど、あんたは、何という頭をしてるんだ!』と言った。

『いくらだ? このフェルト帽は』とおれは訊ねた。

『売りものじゃないんですが、まあいいでしょう。百リラであんたにお売りしましょう……』

『これはこれは……。百リラなんてことがあるもんか……』

帽子屋は、

『もしお望みならですよ』と言った。『あんたが、これほどでっかい帽子を見つけてかぶることは、そう簡単にできるこっちゃありませんぜ』

おれは、手を、頭上で、ピシャピシャたたきながら、

『君も、これほどでっかい頭をみつけて、そのフェルト帽を売ることは、そう簡単にできるこっちゃないぜ！』と言った。

帽子屋は笑った。この、おれの言葉に笑った。かけひきは短くきりあげて、紙幣八〇枚でそのフェルト帽を売ってくれた。とにかく、おれはそのフェルト帽をかぶった。村から出て来てから、四年たっていた。村へ帰って、ギュルルと結婚するんだ。

帽子を頭に、おれはフェルト帽子屋の店から出た。出た途端、お前、頭上のフェルト帽が飛ぶじゃないか！　ちょうど、頭上の、ほんとの蝶々のよう……。フェルト帽は蝶々になったようだ、お前。空中を飛んでる。なあ、考えてくれよ……。ギュルルは、フェルト帽、フェルト帽と言いつづけてる。おれは、一〇年間、フェルト帽、フェルト帽と言い続けてる。四年間働いて、やっとのことでフェルト帽を頭にのせたんだ。だが、それは飛んで行く……。おれは、フェルト帽を追いかけて、空中へ飛んだ。お前、フェルト帽が飛ぶ、おれも飛ぶ。帽子が落ちる、おれも落ちる。ちょうどつかまえようとすると、フェルト帽は、またもや飛ぶ。そのうしろから、おれも飛ぶ。フェルト帽が地面に落ちる、おれも落ちる。それが飛ぶ、おれも飛ぶ。このフェルト帽は、おれにとって幸運じゃなかったのか、なあ。弥次馬が集まってきて、みんな、おれを笑うんだ。こん畜生、笑うよりは、そのフェルト帽をつかまえてくれい……。フェルト帽は魔法がかけられたようだ、お前、まったくつかまえられない。と思ってると、とつぜん、目に稲妻が光った。おれは、フェルト帽をつかまえようと駆けてる最中、

市電にひかれたらしいんだ。何が何だかわからなくなった。気を失ったが、あいかわらず、『フェルト帽、フェルト帽』と言ってたようだ。フェルト帽をつかまえて、おれと帽子とをくるまにのせて、病院へ運んでくれた。一週間、目をとじたまま、フェルト帽、フェルト帽と言いつづけてたらしい。この、おれの目を見たろう、なあ、ほら、これが、そのときの傷だ。

フェルト帽を頭にのせて、病院から退院した。飛ばないようにと、フェルト帽の上から顎の下にかけて、ハンカチをゆわえつけた。元気に汽船に乗りこんだ。有難いこった。甲板へのぼって、『おい、イスタンブルよ。お前は、おれに何てことをしてくれたんだ!』と、外をながめてた。汽船は、『ぶー』と汽笛をならして出航した。汽船が出航した途端、一塵の風が吹いてきて、ハンカチも、フェルト帽も、持ち去ってしまったではないか! おれは、『フェルト帽、フェルト帽』とさけびだした。フェルト帽は、カモメのように、空中を飛んでる。おれが『フェルト帽、フェルト帽』と言うたびに、みんな、大笑いする。おれは自分をおさえきれなくなり、フェルト帽を追いかけて、夢中で海へ跳びこんだ。海中でフェルト帽をつかまえたが、それからあとのことは、何も知らない。汽船は行ってしまった。お前。おれは、フェルト帽と一緒にのこされてしまったようだ。おれを、フェルト帽とともに病院へ入院させてくれた。おれの手のひらから、フェルト帽をはなすことは、まったくできなかったらしい。この、おれの唇を見たかい。これは、ほら、そのとき、海へ跳びこむさい、汽船のいかりにひっかかって裂けたらしいんだ。二か月ばかりして、退院した。こんどは、フェルト帽を、おれの、この木製カバンに、しっかりといれた。汽船に乗りこんだ。このフェルト帽は、カバンのなかからは飛び出しはしないだろう……。でもカバンを、一刻《ひととき》も手からはなさない。とにかく、お前、汽船からおりてバスに乗った。バスの運転手は、カバンをおれのそばに置かせない。何が何でもバスの屋根に置くという。そばに置いとくのは禁止されてるらしい。なあ、フェルト帽を、手ばなせるもんかね？　フェルト帽はかぶり、カバンをわたした。バスは出発した。運転手は、まるで気ちがい、とばすわ、とばすわ……。おい、バスをそんなに速く走らせるないっ。けど、走らせる……。と思ってると、お前、フェルト帽は、おれの頭から吹きとばされて、窓からそとへ飛んで行くではないか！　こん畜生、何という帽子なんだ！　おれは、帽子ひとつ、ままにできないんだ。一度、あれを頭にしてるのをギュルルが見て、結婚披露宴をやりさえすれば、そのあと、地獄へでも飛んで行きやがれ。おれは、『フェルト帽、フェルト帽』とさけびだした。乗ってる連中は笑う。運転手は、バスをとめない。おれが、どんなにして、窓から跳びおりたか。いやはや、何とも言えないよ……。窓から跳びおりると、おれは、ふらふらになってしまったようだ。だが、帽子はしっかりつかまえている。二か月半、市の病院へ入院していた。おれは、またもう一度、フェルト帽を頭にかぶれるものだろうか？　こんども、カバンのなかへしっかりとしまいこんだ。バスは、カバンをなかへいれてくれないので、トラックに乗りこんで、荷物の一番上にすわった。トラックは出発した。死の天使アズラエルが来ても、おれの手から引きはなせぬほど、カバンにしがみついていた。とにかく、村へ着いて、フェルト帽を頭にのせ、村につづく道へはいって行った。フェルト帽は、機会があれば飛ぶだろうが、おれは、手を頭にあてて、フェルト帽をしっかりとつかまえていた。村のなかへはいって、茶店にはいると、何と、お前、どの若者の頭にもフェルト帽がのってるじゃないか！　畜生、これだけのフェルト帽が、何処から出てきたのか？　おれの村じゃ、みんながフェルト帽をかぶるようになったらしいんだ。友人たちは、おれが誰だかわからなかった。というのは、たびたび頭から飛んでったフェルト帽をとらえようとして、あちらこちらにぶつかったため、おれの顔は、一目見て、誰だかわかるようなものじゃなくなってたらしいからだ。どうにかこうにか、おれがムーサーであることをわからせた。そこから家へ着いたが、父親の頭にまでフェルト帽がのってるじゃないか！　畜生、これは何てこった？　シリン婆さんを見つけた。シリン婆さんは、おれを見ると、『フェルト帽をかぶって……』と言った。『畜生、どうでもなりやがれ。フェルト帽のことは、あんたも知ってるのか？』と、おれは言った。シリン婆さんは、『ああ、この村で、フェルト帽を知らぬものがあろうかね。ギュルルが、この村でフェルト帽の風習《しきたり》をはじめたのさ』と言った。おれは、『このフェルト帽はどうなるんだ？』と訊いた。シリン婆さんは笑った。『知らない振りなんかするんじゃないよ。それをお前さんよりよく知ってるものがいるもんかね。今晩ギュルルのところへ行く順番はお前さんなのかい、頭に帽子をのせてるじゃないかい』と言った。ねえ、お前。おれは、もう、村にゃとどまらず、振りかえりもしないで踵をかえし、ここへやって来たんだ。おれのギュルルは、フェルト帽、フェルト帽と言って、おれが帰るのを待ちのぞんでいたという。待ちに待ってたという。ところが、おれが一向に帰らないので、おれから望みを絶って、結局、こういう始末になったらしいんだ」

メフメットは立ちあがって、

「焜炉を燃やそうか？」と訊ねた。
ムーサーは、
「燃やして、鍋をかけろよ。昨日のじゃがいもが残ってる」と答えた。
しばらく黙っていた。
「おれは、ひどい目にあった、お前。あの村へは、もう二度と帰らない」と言った。

みんな落ちこぼれ

僕は長い間失業していた、ねえ、セリムさん、何処へ申し込んでも無駄だった。何処ででもいい。門番、用務員として働いても満足なんだ。だが、それすらない……。僕たちは六人家族だ、君。この時世に、六人に食わせるのは容易なことじゃない。家賃に、生活苦、それに借金取り、もう、てんやわんやだった。金銭《かね》の用意はまったくない。あってもどれだけ役に立つというんだ？　ねえ、セリムさん。食い物が少々あっても焼石に水。手もとのものは、みんな売り払ってしまった。「神さま。どうしたらいいんで」と考えつづけている。僕が借金しなかった知人、知りあいは一人もいなくなった。何処の門口もたたいた。とうとう、自分自身が恥ずかしくなった。一方では、自分の能力の無さに腹をたてている。誰でも、一つのみちを見つけ、自分なりの生き方をしている。僕は、何と無能力な、なんと臆病な、何をやってもまずい男なんだろうか。前の仕事を辞めたことを、心から後悔している。それについては、僕は自分で辞めたのじゃない。辞めさせられたんだよ、ねえ……。君も知ってのとおり、あの工場で九年間働いていた。社長は、会社を閉鎖しなければならなくなった。外国から原料が来ないんだ。社長の処置は適切だった。一度に閉鎖はしなかった。まず、労働者の半分を辞めさせた。それから、一人ずつ、二人ずつ、社員を解雇した。そして最後に、工場の門に錠前をつけた。僕を呼んだ。

「そら、イッゼト・ベイ」と言った、「私は、倒産しそうなんだ。此処に勤めてるものが取るべき報酬は、全部、私にかかってきた。だが、私は誰の報酬も払える状態じゃない。アパートは差し押さえられた。いずれ売却されよう。くるまをすら売ってしまった。君が望むなら、倒産しきってしまうまで、君に月に三百リラ払うから、此処で働きたまえ。また、望むなら、三か月分の月給を渡すから、ほかの仕事を探すように」

社長は、勤めを持っているものは、何時でも、何処ででも、仕事があると思ってるんだ。そこで僕は社長めに、何でもかんでも言ってやった。三百リラの月給でどうして働けるというんだ？　ねえ、セリムさん。家賃だけでも三五〇リラかかるんだ。僕は社長にどなりちらした。僕の月給は九百リラだった。三か月分、二七〇〇リラをうけとって、工場を辞めた。

それから二か月たつかたたないかに、僕たちの社長の事業は、ふたたび軌道にのって、以前より、三、四倍、儲けはじめた。だけど、僕は、社長めに、あんなことを言ったので、もう二度とあそこへもどって、あいつの面《つら》を見られない。人前にでられたもんだろうか？　僕は無一文になってしまった。まる一〇か月、失業していたんだ。ねえ、セリムさん。

僕は、ブルハンという一人の青年と知り合いだ。彼と知り合いだというのは、こうなんだ。我が家の近くにコーヒー店があって、僕は夕方、よくそこへ行っていた。このブルハンとはそこで知りあった。まったく好きになれない野郎。しつこくて、無教養な、身の程知らずの、とりとめのない間抜け男。どういう仕事についているのかは、誰も知らない。一時、このブルハンの姿が見えなくなった。ふと聞いたところでは、政治家になったという。こいつは悪賢い男だ。すぐには与党へ入党しなかった。すぐに与党へ入党したら、誰も見向きもしてくれぬことは、先刻承知の上だからである。この利口な男は、まず野党へ入党した。入党しただけならいいが、ありとあらゆる、反与党的言辞を弄していた。数人の集まり、せまい空地でもあれば、何処であろうと、すぐさま出て行って、演説していた。それやこれやで、この男はすっかり良い気になってしまった。新聞に、その写真、言葉がのりだした。すんでのことで、投獄されるところだった。だが実は、こいつは、何事にも計画的だった。まさに、投獄されようとしたとき、「私は真相を見ぬき、いまでは、正しいみちがわかりました。心から敬意を表します」と、アンカラへ、要人たちの一人一人に電報をうった。電報はラジオでも読まれた。そこで与党は、奇貨おくべしとばかり、彼をかかえこんだ。

ある日、夕ぐれのせまるころ、僕はくたくたに疲れて、帰宅の途中だった。どんなにくたびれはてていたか、ねえ、セリムさん。それは何とも言えぬくらいだった。誰かが「ねえ、君」と呼んだら、「なれなれしくするのはよしてくれ！」と叫びだしたいほどだった。その日、仕事をさがそうと、七か所を訪れたが、七か所とも、「住所を書いといて下さい。あとでお知らせします」と、僕を最初《はな》から追っぱらった。数クルシュ借金しようと思って、誰のところへ行っても、本人が不在だと言うか、在宅していても、金銭《かね》はない、と言うかだった。家にはパンすらない。ぶるぶる震えるほど腹が立った。手足は凍えてしまった。ちょうど、僕の家の通りへまわるとき、このブルハンと、ばったり顔をあわせたではないか！　とにかく、知らん顔をして通りぬけようと思った。しかし、奴《やつ》はしつこい。両腕をひろげて、

「やあ、イッゼト・ベイ、どうしてる？　暮らしはどうだい？」と言い、僕にとびついて、僕の手をとるではないか！

「元気だよ、有難いことに……」と言って、僕はやりすごそうと思った。しつこいこいつめは、僕をはなしてくれない。

「噂では、君は勤めてた工場を辞めたそうだが……」と言った。

僕は、むくれ顔で、

「その通り……」と言って、歩きつづけた。

「それなら、いま、何してるんだい？」と訊ねた。

「君にゃ関係ないこった。君」と答えた、「僕が何をしてようと、君に、何のかかわりがあるというんだ？」

こんなしつこい奴《やつ》はいない。

「そりゃ、何という言い方だ、イッゼト・ベイ」と言った、「君の悩みは僕の悩みということ。僕の

出る幕じゃないが、多分ちょっとばかり、君のためにしてあげられるかもしれない」

「要《い》らんよ。その必要は、僕にない……」ときつく言った。

「そりゃ、絶対いかん」と言った。「僕が、君にどれだけ好意をもってるか、君は知らないんだ。僕は聞いたよ。いま失業してるんだろ。暮らしに困ってるんだろ。君に、月に一五〇〇リラという仕事をさがしたら、それで足りるかい？　もちろん、それはいまのところだ。そのうちにもっと多くなる……」

とても信じられぬが、藁をもつかむ思い……。

「一五〇〇リラといやぁ大金だが……」と答えた。

「それじゃ、とにかく、住所を教えてくれよ」

家の宛名を教えた。彼は三日のち、僕の家へ来た。

「万事完了」と言った、「君の仕事については、うまくいった。君は、××ダムの経理課長になったんだ。あとは、ただ願書を書くだけでいい」

ぜんぜん期待しなかったが、とにかく、願書を書いておくった。それから一五日たって返事がきた。

「貴殿は、俸給二千リラで、経理課長に採用されました。この手紙をうけとられたら一五日以内に、着任されたく存じます」

まったく信じられないことだ。書類に公用見出し、日付、番号がついていなければ、僕は信じられなかったろう。一五〇〇リラといってたのに、二千リラの俸給だ。我家のものはみんな、喜びのあまり、踊りださんばかりだ。母親は、うれしいときには、いつも、すぐさま、どんなにして嫁《とつ》いできたかを話す。それから、「トントン、階段を降りるとき」という歌があるだろう、母親はそれをうたいはじめる。僕が月給二千リラの仕事にありついたと知ると、結婚ばなしを話しだした。

「おっ母《か》さん。その結婚ばなしは止めて、お茶を淹れなよ！」と言った。

「はいはい、お前」と答えた。

指をうちならしながら、「トントン、階段降りるとき」とうたいうたい、台所へはいっていった。

あくる日、僕は、冷静になった。月給二千リラの仕事は見つかったものの、僕たち六人もの家族が、ダムまでどうしたら行けるのか？　こまごました家財道具をもって、そこへ行くには、少なくとも千リラの旅費が要《い》る。手元には、一〇リラすらない。僕が単身で行って、家族はあとから呼びよせるにしても、家族が此処で一日暮らすだけの金銭《かね》さえない。

僕は、失業中に歩きまわった一〇か月間に、借金できるものは一人もいなくなり、みんなから金銭《かね》を要求してしまっていた。ダムからきた書類をポケットに、借金しようと家を出た。ねえ、セリムさん、誰からも、千リラはおろか、百リラすら借りられなかった。一五日が過ぎた。二〇日が経《た》った。ダムから、さらに、公文書が来た。「貴殿は、今日まで、いまだに着任しておられません。一〇日以内に着任されないなら、貴殿に代わって、別人を採用いたします。ご承知おきください」

もう、気が狂いそうだ。月給二千リラの仕事は見つけたが、何てこった、着任できない。頼みまわってはいるが、無益の沙汰。誰一人、僅かの金銭《かね》も借してくれない。さらに、二週間が過ぎた。書類がもう一通来た。「一週間以内に着任されないなら、採用が取り消されることをご通知申しあげます」ダムへ行くには五日かかる。考えてみたが、誰も頼りにならない。家中で、売り払うべき家財は何もなくなったようだ。ベッド、布団、衣類も売ることにした。すぐあくる日、何もかも売ってしまい、みんな、着のみ着のままになった。一四〇〇リラ、手にはいった。僕は、すぐ出かけて行って、みんなの切符を買った。その夜は、ホテルにとまった。汽車が出るのは一七時である。母親は、朝っぱらから、

「さあ、出かけましょう……」と言いだした。

「おっ母さん。こんな時間に何処へ行くというんで？　発車までには、まだ、九時間あるよ」

「いいじゃないの。お前は、このイスタンブルに、あたしほど通じちゃいないよ。此処じゃ、九時間かかっても、隣りの家へも行けないのよ」

九時になった。今度は、家内が言いはじめた。

「さあ、出かけましょう」

「この寒いのに、駅で八時間も待てるかい？」

「まあ、万一の用心に、よ。何がおこるかわからないわ。この汽車に間に合わなかったら、仕事をのがしてしまうわ。しかも、あそこへ、無駄足ふむことになるのよ。この汽車で行けば、やっとのことで間に合うわよ」

息子と娘も、ぶつぶつ言いだした。

「さあ、お父さん、出かけようよ。さあ、お父さん、出かけようよ」

何がおこるかわからないと、僕も不安になってきた。一〇時に、シルケジにあるホテルを出た。七時間あとに出る汽車に間に合うため、ハイダルパシャ駅に行くのである。

百歩も行くか行かないかに、一人の男が、娘をつけてくるではないか！　そいつは、歩きながら、言いよってくる。

「ちょいと、姉ちゃん、仲良くしようぜ」

僕は、「こん畜生」と言いつづけている。息子は、こぶしを握りしめはじめた。母親は、

「ねえ、お前。ならずものに構うんじゃないよ。汽車をのがしたら後悔するわよ……」と言ってる。

奴《やつ》は、あいかわらず、娘についてくる。

「ちょいと、姉ちゃん、寝ようぜ、いちゃいちゃしようぜ……」

まさに、こんなのが、大迷惑というもんだ。

「ああ、どうか。後生だから」

娘は、まっさおになった。僕は、一方では、息子に、

「おい、お前。お前は構うな！」と言って、息子をなだめようと、他方では、娘に、

「おい、お前。ほおってけ」と言って、娘の気持ちをやわらげようと、一所懸命になっている。

言いよるだけでは事足りず、奴《やつ》は、今度は、みんなの眼前で、娘に、手をかけるではないか！　娘は、ひどく痛かったのであろう、肉をもがれでもしたように金切り声をあげた。僕たちを、群衆が取

り巻いた。警官たちがかけつけた。ちぇっ、何という有様だ……。娘につきまとったならずものと、娘とを、警察署へ連れて行くという。哀れな娘は泣いている。

「お父さん。あたしのために出発を遅らさないでちょうだい。さあ、汽車へ駆けつけてよ。間に合えば、あとから、駅へ行きますから。間に合わなきゃ、明日《あす》の汽車で行きますわ。さあ、すぐ行ってくださいな……」

僕の胸は痛んだが、何ができるというんだ、ねえ、セリムさん？　娘に一五〇リラ渡して、

「どうか、お前。あとから追いついてくれ」と言った。

娘が別れると、僕たちは五人になって、歩きはじめた。百歩も行くか行かないかに、僕たちの前に酔っぱらいが立ちはだかったではないか！　こいつは、足はふらつき、目つきも定まらず、よだれをたらしている。両腕をひろげて、

「やあ、おっ母《か》さん。俺は、あんたが死んだとばかり思ってた。四〇年間、あんたは、俺を母なし子にしておいて、いま、何処から出て来たんだ？」と言って、家内にむかってとびかかるではないか！

「君、行ってくれよ。僕たちは急いでるんだ」

酔っぱらいは、話してわかるような連中じゃない。僕は、息子を押さえるのに精いっぱい。酔っぱらいは、

「あんたは、俺が六か月の赤ん坊《ぼ》のとき、俺をおくるみのままにしといて、別の良人《おとこ》のところへ、どうして逃げたんだ？」と言って、家内にとびかかる。

セリムさん、災難とは、まさに、こんなふうに、突然、人間にやってくるもんだ。僕たちのところへ群衆があつまった。酔っぱらいの手から家内を引きはなせない。そいつは、両手をまきつけて、家内にさかんに接吻して、

「四〇年間、あんたは、俺を母なし子にしておいたんだ」と言いつづけている。

「おい、君。構わんでくれ。女房は、三十五歳だ。お前の母親でなんかあるもんか！」

酔っぱらいは、家内にしがみついている。哀れな家内は、躰をばたつかせてる。二人とも、地面にころがりまわるという始末。さいわい、警官が来て、酔っぱらいを逮捕した。それ、警察署へ……。哀れな家内は、両目に涙。

「少なくともあんたたちだけは、乗り遅れないで……」と言う、「どうか行ってよ。あたしは、汽車に間に合ったら行くわ。間に合わなきゃ、明日《あす》の汽車で行きますから」

君なら他にどうする？　ねえ、セリムさん。一一か月間、失業で苦しんできたんだ。月給二千リラの仕事をのがせるものだろうか？　家内に二百リラ渡した。彼らは警察署へ行った。僕たちは、家族二人がいなくなったままで、歩きはじめた。これは有難いこと。だが百歩も行くか行かないかに、一人の男が、

「よ〜お！」とわめいて、息子の前につっ立った。

「おい、お前。お前はかまうな！」

しかし、この破落戸《ごろつき》は、息子をはなさず、襟にしがみついた。

「頼むからどこかに行ってくれよ。僕たちは、お前のことなんか知らない」

息子の両襟にしがみついて、ゆすぶり、ゆすぶり、訊ねる。

「この野郎。お前は男じゃないのかい？」

「男だよ。それならどうしたというんだ？」

「そうかい。俺は、お前のような男の……」

この破落戸《ごろつき》ときたら、吹けば飛びそうなやつだ。それに引き換え、息子は元気が良い。一度、はげしく咳でもしたら、この破落戸《ごろつき》は、ふっとんでしまうほどだ。

「頼むよ。そんじょそこらのことじゃなく、生活がかかっているんだ。僕たちは、汽車に間に合わにゃならない。襟から手をはなしてくれよ……」

どうしてもはなさない。

「そら、お前のような男の……」と言って、息子の顔に痰を吐きかけるではないか！

息子は、いまにも、泣き出しそう。

「お父さん。少なくとも父さんたちだけは、汽車をのがさないで。ほら、歩いて。僕は、間に合ったら行くよ。間に合わなきゃ、明日《あす》の汽車で行くから。こいつめをやっつけなきゃならなくなった」

息子に百リラ渡した。息子は、その百リラをポケットにいれて、「ようし」と言って、破落戸《ごろつき》に向かって行き、そいつを、さんざんになぐりつけはじめた。と思ったら、警官が来た。僕たちは、息子をそのままにして歩いて行った。

とうとう、三人になってしまった。歩きはじめた。母親は、

「あたしたちは、半分になった」と言った。

僕は時計を見た。一時半になってる。「発車まで、三時間半ある」と言う間もあらばこそ——ねえ、セリムさん——、向かいから、化け物のようにでかいトラックが、僕たちに向かって走って来るではないか！　まず、電柱にぶつかって、電柱を押し倒した。ブレーキがきかないで衝突した自動車を、一〇メートルもぶっとばした。僕たちは逃げる。トラックは、僕たちを追いかけて来る。五、六人を轢いた。僕たちは、まず、歩道にあがった。それから、理髪店に逃げこんだ。トラックは、まるで、僕たちに恨みがあるかのように、理髪店につっこんだ。金切り声が聞こえた。僕の末娘を、トラックが押し倒した。

ねえ、この有様を見て下さいよ、ねえ、セリムさん。シルケジからハイダルパシャまで、無事にたどりつけるつきがありそうもない。

警官が来て、電話した。とにかく、救急車が着いた。負傷者たちは、救急車に収容された。哀れな我が娘《こ》は、僕たちが失業のためどんなに苦しんでいるかを知ってるから、乗せられている担架のなかから、

「お父さん。あたしのために出発を遅らさないで。あたしは、あとから行くから……」と言っている。

母親は泣きだした。僕たちがこのまま此処にいたら、ずっと後悔してなきゃならぬだろう。娘に、百リラ渡した。救急車は行ってしまった。残ったのはただ母親と僕だけの二人になってしまった。僕

の家族は、みんな、途中でこぼれ落ちたんだ。母親と、大急ぎで歩いた。母親が、一瞬、「どうか、お前、しっかりしてよ。どんなめにもあわないで、あのダムへ行くのよ」と言ったかと思うと、とつぜん、声が聞こえなくなった。ふと見ると、母親がそばにいない。広場の真中で、「おっ母さーん、おっ母さーん!……」と呼んでみた。

いったい、母さんはどこに飛んでいってしまったのだろうか。いま、僕のそばにいたのに……。声をかぎりに、

「おっ母さーん!……」とさけんでる。

影も形もない。見当たらない。みんなが僕のところへ集まった。雑踏のなかから、誰かが、「ちょっと黙って。声が聞こえる」と言った。

みんな、耳を傾けた。遠くから、深いところから、まるで、井戸の底からのように、「イッゼト、イッゼト!……」と言う声が聞こえてくる。

ふと、声が聞こえてくるところを見た。母親は、哀れにも、道路上に掘られた修理用の穴に落っこっているではないか!

梯子をおろしたが、底までとどかない。ロープを投げたが、母親はよじのぼれない。哀れな母親は、穴のなかの泥に埋まってしまったようだ。まわりの連中は、「市当局に援助をたのんでも、この女《ひと》は、助けられない。公共事業省の力をかりなきゃ!」と言っている。母親は、かわいそうに、穴の底から叫んだ。

「お前。お前は行くことよ。そら、遅れないで、行きなさいよ。汽車をのがしでもしたら、雇ってくれないわ。そら、走って。あたしが、さいわいにも此処から出られたら、あとから行くから」

母親に百リラ投げ与えた。僕は大急ぎで歩きはじめた。三時半である。発車まで一時間半ある。胸のなかで、「神さま。道中で、もう、災難にあわせないでください」と祈ってる。

六人家族だったのが、途中でこぼれ落ちて、ただ、僕一人になってしまった。汽船に乗った。さいわいにも、どうやら、ハイダルパシャに着いた。途中、汽車のなかで食べるのに、胡麻つきのスミット・パンを幾つか買おうと思った。僕よりさきに、一人の若者が、スミット行商人から菓子パンを一つ買った。買ったかと思うと、菓子パンにかじりつき、スミット売りに二五クルシュ渡した。スミット売りは、

「五〇クルシュだが……」と言った。

若者は腹をたてた。

「五〇クルシュとは何だ？　こんな菓子パンは一五クルシュだ。一〇クルシュ、釣銭《つり》をくれ」

二人は、喧嘩しはじめた。そのうちに、群衆が集まって来た。若者は、今度は、スミット売りに、

「俺は、お前に、一リラ渡した……」と言うではないか。

つかみあいになった。若者は、

「お前の名は何ていうんだ？」と訊いた。

スミット売りは、

「ヴァンゲル……」と言った。

このギリシャ風の名前を聴くやいなや、若者は、群衆の方を向いて、さけびだした。

「おい、同胞がたよ。みんなが証人だ。この男は、トルコ精神を侮辱した。俺は、トルコ人青年だ。こいつは俺に嘘をついて、トルコ精神を侮辱してやがる」

これを聞くと、群衆は散らばり、みんな、四方八方へ逃げてしまった。若者は、

「警官、警官!……」と、大声あげた。

駆けつけて来た警官に、

「こいつは、トルコ精神を侮辱しやがったんで……」と告げた。

それから、僕を指さして、

「この人が証人で……」と言った。

警官は、僕の手をつかまえた。おお、神様……。警官に頼みこむ。

「お願いです、お巡りさん。私は、汽車に間にあわなきゃならないんで。急用があるんです。わたしをはなしてくだいよ……。生活にかかわる大問題なんです」

「警察署へ!」

「私は、何も聞いてません」

「警察署で話すんだな」

ああ、神様! 発車まで半時間しかない。一緒に、警察署へ行った。僕は、いまにも、泣きだしそ

う。警部に頼みこむ。

「後生ですから、はなしてください。あの汽車に間に合わなきゃ、家族がばらばらになってしまうんです。私の暮らしがめちゃくちゃになるんで」

警部は、情を知るひとのようだ。

「君、わかるよ」と言う、「だけど、僕には何ともできないんだよ……。君個人だけにかかわる事情ならはなしてやろう。だが、君は、おおやけの証人なんだ」

もう、気が変になりそうだ。ねえ、セリムさん。

「わかりました。それで、どうなるんですかい?」

「まず、君の身元をはっきりさせよう。それから、調書を取る。そのあとで、現行裁判所へ行って、証言するように」

ねえ、セリムさん。君は、こんな災難にあったことがあるかい? 僕の将来が、何もかも、駄目になってしまうんだ。逃げだすよりほかにてはない。警部が横をむいたとき、僕は、パッととびだして、走りに走った。僕が逃げだすと、よびこが鳴りはじめた。僕は大きい駅のなかで、あちらへ、またこちらへと逃げまわる。またたく間に、駅は、警官でいっぱいになった。みんな僕を追跡しているんだ。僕は、僕の前にあらわれた二人の警官をまごつかせておいて、汽車に「それ行けっ」と言った。この汽車めは、発車しない。一旦発車したら助かるだろう。僕は汽車の一方の端からとびこんだ。うしろから警官たちが追いついた。僕は走りつづける。警官たちはピーピーとよびこを鳴らしながら、「つかまえろ、つかまえろ！」とさけび、うしろから走って来る。

発車までまだ十分ある。僕は逃げに逃げる。こんどはうしろを向いて、駅の方へ走った。たすかるには、何処へ行ったら良いかわからない。駅の公衆便所へとびこんだ。戸の開いた便所へはいって、すぐ、戸に錠をかけた。うしろから、警官たちが、便所の廊下に群がった。

「何処だ？　何処へはいった？」と大声あげながら、便所の戸をたたきまわりだした。

どの戸をたたいても、なかから、

「ゴホン、ゴホン……」

「満員だ……」

「はいってる……」という声が聞こえる。

僕のいる便所の戸もたたいた。

「使用中！」と声をかけた。

警官たちが外で話してるのを聞いていた。うちの一人が、

「君ら三人は、此処で見張ってろ」と言った、「此処へ入ってる。いずれ出て来る。とらえてくれ……」

気が狂いそうだ。ねえ、セリムさん。発車まで三分、二分、一分……。戸を開け、勢いよく飛び出した。警官の一人はズボンのすそに、一人は腰に、一人は襟にしがみついた。外へ出たら、汽車は、ポー……と汽笛一声、出て行ってしまった。

汽車が行ってしまうと、僕は脱力した。警察署へ連れて行かれた。警部は眉をしかめて、

「君。君はおおやけの証人なんだ。被告じゃないのに、どうして逃げるんだ?」

と訊いた。

いずれにしても、万事終わってしまった。

「逃げたんじゃありません」と答えた、「どうにも仕方がなかったんで……」

警部は、

「訴えられた奴をつれて来い!」と命じた。

警官たちが出て行った。しばらくして帰って来て、

「おりません。警部……」と言った。

「いないとは、どういうこった? そいつがいないんなら訴えた奴をつれて来い……」

警官たちが出て行き、帰って来た。

「おりません。警部。二人ともずらかったらしいんで」

警部は怒りだした。僕の方を向いて、

「みんな、お前のおかげだ。何故、逃げるんだ。お前をつかまえようとしてるうちに、容疑者も、訴えた奴も、のがしてしまった、それこのように。こうなりゃ、さあ、お前も行っちまえ!」と言った。

ほら、こうなんだよ、セリムさん……。僕たちは、汽車を逃してしまった。仕事にもつけなかった。

末娘と母親とは、病院にはいってる。家内と娘とは、知人の家で厄介になってる。息子は拘置所にいる。僕は、いま息子に面会に行くんだ。じゃ、さようなら、セリムさん……。

そりゃあ、いいすぎだ

オスマン・ベイは、食卓につくとき、
「今晩は、ちっとも食欲がない」と言った。
妻君は、
「スープも飲まないの？」と訊ねた。
オスマン・ベイは、
「スープは飲もう。ついでくれ……」と言った。
妻君は、深皿に、おたま二杯のスープをついだ。
オスマン・ベイは、スープを飲みながら、
「明日、友人たちと旅行にでかけるから」と言った。
娘が、

「何の旅行？　お父さん」と訊ねた。

「友人たちと、選挙区へ行くんだ」

妻君は、

「またなの？　これで何回目？」と訊ねた。

オスマン・ベイは、

「このスープは大変うまい。もう少しついでくれないか」と言った。

妻君は、深皿に、もう一杯、スープをついだ。オスマン・ベイは、

「今晩は、ちっとも食欲がない」と言った。スープのなかへ、ふた切れの焼けたパンを入れた。

「人びとと、たびたび話しあわなきゃならないんだ」と言った。

息子が、

「そりゃ何故？」と訊ねた。

オスマン・ベイは腹をたてた。

「何故とはどういうこった？　人びとの悩みを聞くためだ。ほかに、何か食いものはあるかい？」

妻君は、テーブルの真中におかれた大皿の蓋を開けて、

「とりとじゃがいもの煮ものがあるわよ」と答えた。

オスマン・ベイは、

「ちっとも食欲がないが、少し取ってくれ」と言った、「胸肉のところから……」

妻君は、皿に取った。

「ソースをかけてくれ。肉汁が大変好きなんだ。ピラフもつくったかい？」

「ええ……」

「そりゃ、大変良い。皿にサラダを取ってくれないか。漬物はなかったかい？」

「ありますわよ」

「持ってきてくれよ。多分、漬物を食べりゃ、少し食欲が出ようから」

妻君は、女中に、漬物を持ってくるよう言った。

オスマン・ベイは、

「人びとの悩みを、たびたび聞くのはいいことだ」と言った。

娘が、

「去年も、聞いたわね」と言った。

妻君は、

「去年じゃないわ」と言った、「一昨年《おととし》だったわよ」

オスマン・ベイは、

「ポテトを少し取ってくれ」と言った、「胡瓜の漬物はとてもうまい」

「大根サラダはおいしくない？」

「食べてるよ。大根は食物の消化にいい。今晩は、どうしたことか、ちっとも食欲がない」

妻君は、

「セロリを食べる？　それともカリフラワー？」と訊いた。

「よくはわからんが」と答えた、「まず、ちょっと、そのセロリを取ってくれ。食べてみよう」

妻君は、

「セロリはドレッシングをかけると、とてもおいしいわよ……」と言った。

オスマン・ベイは、皿に取られたセロリを一フォーク食べた。

「なるほど、ほんとにうまいよ」と言った、「それなのにどうだ、ちっとも食欲がない、今晩は」

息子が、

「何時にでかけるの？」と訊ねた。

オスマン・ベイは、

「たのむ、朝早く起こしてくれ」と答えた。「もし、ねむってたら……。早く起こしてくれ。セロリは大変うまい。それをもう少し取ってくれ」

妻君は、皿にセロリを取った。

オスマン・ベイは、

「青たまねぎはあるかい？　食欲が出る」と言った。

妻君は、

「サラダにはいってるじゃないの」と答えた。

「明日《あした》、朝早く出かけなきゃならん。人びとと話しあう……」

「カリフラワーは？」

「ああいいよ。少し取ってくれ……。ちっとも食欲がない。無理して食べてるんだ」

「何時に起こしましょうか？……」

「八時に起こしてくれ。九時に家を出る。無理して食べてるんだ。ちっとも食欲がない、今晩は」

「少し、にんにくを食べますか？　食欲が出ますよ……」

「ああいいね。人びとの悩みを聞くのは、いつでも良いことだ。カリフラワーも、ほんとにうまい。もう少し取ってくれ」

「あとでピラフが食べられませんよ……」

「食べるよ、食べるよ……。出かけるんだ」

「何のことかわからないよ、お父さん」

「わからないことがあるもんか。人びとと……」

「ええ、だけど……」

「試してみよう。ピラフを少し取ってくれ。食べられるだろうか？」

「上にエジプト豆をかけましょうか？」

「取ってくれ、もちろん……。とはいっても、無理して食べてるんだ。多分、エジプト豆と一緒に食べられよう」

「とりのスープに」

「とてもうまい。忘れずに早く起こしてくれよ。どうしてこうなったのかわからんが……。食欲がまったくなくなった」

「あなたはいつもそのように無頓着なのよ。お医者さんに診《み》てもらったら……」

「お前、いったい医者がどうしてくれるというんだ？」

「どうしてくれるなんてことがありますか、あなた。食欲の出る薬をくれますよ」

「ピラフはほんとに、ほんとにうまい。何ともいえぬくらい……」

「もう少し食べますか？」

「ああいいよ。もう少し取ってくれ。食べて見よう。多分、無理して食べられよう。人びとの悩みを聞くのは、いつも……」

「もちろん……」

「食欲がなくなれば、人間、何もほしくないもんだ。ヨーグルトはないかい？　このピラフの上に少しかけてくれ」

「何時帰るつもり？　お父さん」

「何処から？　悩みを聞いてからかい？　いずれにしても、二、三日はかかろうよ。おれはどうしたというんだろ？　食欲というものが全然なくなった」

「じっとしてるからよ。ちっとも運動しないんだもの……」

「明日、出かけるよ、ねえ。人びとと話しあうのは、とても役に立つんだ。もう少しピラフを取ってくれ。その上にヨーグルトをかけて……。明日、朝早く起こしてくれ、忘れずに。一度ねむりこんだら、起きられないんだ。人びとの悩みを聞くのは……」

「パイを食べますか?」

「よくは分からん。ちっともほしくはないが、二つ取ってくれ、試してみよう。多分、無理すれば食べられよう。上にクリームをかけてくれ」

「何で行くの? お父さん」

「くるまで。人びととの関係……。パイは大変うまい。舌の上でとろけるようだ」

「そうでしょう?」

「食べたか、食べないか、ちっとも分からん。もう二つ、取ってくれ」

「砂糖が少なかった?」

「いいや。とてもうまい。だけど、今晩は、ちっとも食欲がないんだが……」

みんな、食卓から立ちあがった。オスマン・ベイは、胃のあたりを手でおさえて、

「ガスがたまってる」と言った。

妻君は、

「食事のあとでは、いつもそうなのよ。いったいどうして?」と訊ねた。

オスマン・ベイは、大きなげっぷをして、「御免」と言ってから、

「ちっともわからないんだ」と答えた、「おれは何も食べてないんだが」

「コーヒーがおさえますわ」

「コーヒーのまえに、林檎をくれよ。その方が効《き》く。夕食は軽くとらなきゃならんが、おれほどでなくてもいい。この林檎はうまい。アマシヤの林檎だ。もう一つくれよ、お前。おれの信じるところじゃ、人びとと話しあうのは……。(げっぷ)、御免……。いつも言ってることだが、人びとの悩みを聞くのは、大変役にたつ。何故なら、人びとは……。(げっぷ)。たのむ、娘《おまえ》、コーヒーを淹《い》れてくれ、多分、効《き》くだろう。胃が空っぽだから、こうなるのかしらん」

「あなた、何か食べたら」

「お前。食欲がないのに、どうやって食べるんだ……。ロクム菓子は、口のなかで膨張する」

「食欲の出るシロップを飲まなきゃ」

「そのとおりだ……。この旅行に行って、帰って来よう、無事に……」

オスマン・ベイがコーヒーを飲んでるとき、街路からボザ売りの声が聞こえてきた。

「ボザは効くかな」

「もちろんよ。消化に良いわ」

「だけど、炒ったエジプト豆がなきゃ、ボザはうまくない」

「ボザ売りは、炒ったエジプト豆も持ってますよ」

「ちっともほしくない。この水差しに、ボザをいれさせてくれ。試してみよう。多分、コップに一、二杯は飲めるだろう」

女中が、戸口へ駆けて行き、大きな水差しにいっぱいいれたボザと、炒ったエジプト豆の紙袋とを持って来た。

オスマン・ベイは、コップになみなみとついだボザを飲んで、手のひらの炒ったエジプト豆を食べだした。

「こりゃ良くない」と言った、「ボザさえほしくない」

妻君は、

「もう一コップつぎましょうか？」と訊ねた。

「よしきた。ついでくれ。空腹に、ボザは良くないが……」

「クラッカーがありますが、食べますか？」

「持って来てくれよ。ボザのあとに良い」

オスマン・ベイは、ボザを、もう一コップ飲み、しかも、炒ったエジプト豆を食べた。

「のどがかわくよ」と言った、「まるで甘いもの、塩辛いものを食べたようにのどがかわく」

コップ一杯の水を飲んで、げっぷをした。

「たのむ、少し、炭酸塩を。気分が悪い」と言った。

妻君は、急いで、炭酸塩の箱を持って来た。スプーン二杯分の炭酸塩を飲みこむと、大変大きいげっぷをした。

「そら、効いた」と言った。

「何なら、沸騰散《セトリチ》（緩下剤）をつくりますよ」

「そう。沸騰散をつくってくれ。朝早く起こすように。ねむりつづけてたら……。人びとと話しあうのは、とても役に立つ。（沸騰散を飲んで、もう一度げっぷした。）御免……。何故なら、人びとの悩みを聞くこと……。明日、早く出かける。もう寝よう……」

「空き腹で、どうやってねむれるの？」

「うん、もう慣れたよ」

「夜、お腹《なか》がすくわよ。枕元にビスケットを少しおいときましょうか？」

「おいといてくれ……。多分、食べれるだろう。けど、ビスケットだけ食べても仕方ない。チョコレートを少し」

「レモネードは？」

「おいてくれ、試してみよう。ちっともほしくはないが……」

オスマン・ベイは、寝室にはいった。ベッドにはいる前に、皿に盛られたビスケットとチョコレートとを食べた。ベッドにはいって、レモネードを飲んだ。頭を枕につけるかつけないかに、ねむりこんだ。

妻君は、あくる朝早く、オスマン・ベイを起こした。オスマン・ベイは、旅行カバンをたずさえて出かけた。三人の友人は、ある菓子屋でおちあって、そこからくるまで出発した。

＊＊＊

彼らは、最初に寄った地方都市の商人組合へ行った。くるまで行った三人は、商人たちを前にして、彼らの悩みを聞くつもりだった。オスマン・ベイは、ペンを手にして、ノートをひらき、

「さあ、皆さん。皆さんの言い分をおうかがいしましょう。御存知のように、僕らは此処へ、皆さんと話しあうため、皆さんの悩みを伺うために、参りました」と言った。

商人の一人が、

「私どもと話しあうため、御苦労にも此処までおいでいただいたことに、みなを代表して、御礼申しあげます」と言った、「ですが、私どもには、何の悩みもありません」

オスマン・ベイは二人の友人を、二人の友人はオスマン・ベイを見た。

オスマン・ベイは、

「当然です」と言った、「ただ、話のなりゆきから、悩みと申しあげただけです。もしかしたら、あなたがたに悩みがないかもしれぬことは、僕らにもわかっています。ですが、何事であろうと、こまごました御不満はあるはずです」

ほかの商人が、

「まことに失礼ですが」と言った、「おっしゃる意味がわかりかねます。もしかしたら、私どもの意中をさぐりだそうとでも思ってられるんですか？」

商人の一人が、

「お門《かど》ちがいですよ、あなた」と言った、「おかげさまで、私どもに、不満などは全然ありません」

うろたえたオスマン・ベイは、

「当然です、当然です……」と言った、「私は、何か御不満があるかとは訊ねませんでした」

二人の友人にむかって、

「そうじゃないかね？　君たち。この人たちに悩みがあるかとは尋ねなかった。ねえ……」

二人とも、

「そのとおり、そのとおり……」と言った。

オスマン・ベイは、

「何か、御不自由、御要望はあるでしょう」

「有難いことに、万事うまくいってます。万事順調です。私どもは、思いどおりに輸入してます。どれだけ要求しても、信用貸ししてくれます」

オスマン・ベイは、しずかに、

「そりゃ、いいすぎだ」と言った、「そう、そのとおりでしょうが、そりゃ、いいすぎだ……。僕らにさえ、苦労のたねはあるんですから……」

商人はつづけた。

「外貨は十分あります。思いどおりに輸出もしてます。これほど儲けたことはありません」

オスマン・ベイは、しずかに、

「よくはわからんが」と言った、「おっしゃるとおりでしょう。けど、そりゃ、いいすぎだ……」

＊＊＊

オスマン・ベイと、二人の友人とは、ほかの会合へ行った。この会合に集まったのは貧しい人たちだった。

オスマン・ベイは、

「親愛なる同胞の皆さん」と言った、「僕らは今日、此処へ、皆さんの悩み、ご不満をうかがおうとして参りました」

一人の女が、突然、立ち上った。

「そりゃ何のこと？　何の不満？　何の悩み？　あなたは、何をおっしゃってるんで？」

オスマン・ベイは、あわてて、

「つまり」と言った、「皆さんには、何の不満もないんですか？」

一人の男が、

「まったくありません……」と答えた、「おかげさまで、私どもはみんなうまくいってます。暮らしは順調です。儲けも大変多いんで」

「おや、おや……。僕らでさえ……」

「いいえ、あなた。私どもはうまくいってます。私どもの将来に心配はちっともありません。有難いことで」

「そりゃ、いいすぎだ……。つまり、あのう、おっしゃるとおりでしょう、当然。でも、そりゃ、いいすぎだ」

オスマン・ベイと二人の友人とは、ある労働組合へ行った。オスマン・ベイは、集まった労働者を前にして、

「同胞の皆さん！　何でも、つつみかくさず、お話ししていただいて結構です」と言った、「僕らは、此処へ、あなたがたの悩み、御不満をおうかがいするために参りました」

一人の労働者が、

「どんな？」と訊ねた。

「つまり……。たとえば……。日給が少ないこと、労働時間、保険状態……」

「あなた、大変失礼ですが……。おかげさまで、万事順調です。これ以上、何を望むとおっしゃるんで？　たとえばの話、私は、月に三百リラ、銀行へ貯金できるんですよ」

「おや、おや……。御不満は、何一つないんで？　まったく？」

「当然ですよ。ありません……」

「そりゃ、いいすぎだよ、君」

＊＊＊

オスマン・ベイと二人の友人とは、くるまである村へ行った。村民たちは、広場に集まっていた。

オスマン・ベイは、

「村民、同胞の皆さん」と言った、「僕らが此処へ、何故来たか、ご存知ですか？　あなたがたの悩みをうかがいに参ったんです」

一人の年とった村民が、

「悩みだって？　何の悩み？」と大声あげた。

「ほら、たとえば……。こまごました悩みです……。道とか水とかのような……」

「おいらのところじゃ、道は申し分ありませんや。どこもここもアスファルトで。水汲み場もあるし……」

「いいや、あんた。それほどじゃない……。田畑……」

「田畑は十分。畑仕事をしてますだ。信用貸しもしてはくれますが、その必要がないんで、たのまないんでさあ」

「そりゃあ、いいすぎだ」

＊＊＊

オスマン・ベイの妻君は、部屋へはいった。

「ほら、もう起きて下さいよ。遅れましたよ」と声をかけた。

オスマン・ベイは、枕をはずして大鼾《いびき》をかいていた。妻君がつついた。とたんに目をさましたオスマン・ベイは、とび上って、

「そりゃあいいすぎだ……」と言った。

「何ですって？　いいすぎですって？　もう一〇時になりますわよ」

オスマン・ベイは身支度しながら、

「わあっ！　遅れたっ」と言った、「友人たちが待ってる。僕らは人びととの話しあいに行くはずだったんだ」

署名大使

二人は、タクシムからハルビイェに向かって、大通りを歩いていた。一人はかなり年をとり、もう一人は中年の男だった。右側の歩道を歩いていると、とつぜん、彼らの左前で、大変瀟洒なくるまがとまった。運転手がくるまから降りて、ドアを開けた。漫画によく描かれる金持ちそのままの風体の人物が、くるまから出て来た。柔毛製の厚くて黒い外套の襟は、ちぢれた毛皮だった。白い顎巻をまき、縁のそった黒い帽子をかぶっていた。八百屋が唾をつけ息を吹きかけて前かけでふきふき磨いた見本のアマシヤ産林檎のように、両頬はぴんと張り、艶々していた。毎晩飲むラク酒のため、鼻は大きくなり、鼻端《はなさき》は、野生トマトさながらに赤くなっていた。首すじは、ボスフォラス海峡の汽船の巻かれたロープのように何重にもなっていたが、これらは、新しい、まっさらのロープだった。布袋腹《ほていばら》は、身体の前衛のようにふくれあがり、赤っ鼻より三摑み分ばかり前につき出ていた。つまり、頭が布袋腹のうしろにあり、布袋腹が頭の前にあった。

筆者は、くるまから降りた人物の姿を大変うまく描写し、読者の眼前に彷彿させることができたと思う。

歩道を歩いていた二人のうち年とった方は、くるまから降りた人物を見ると、まず、うろたえて、「ああ！……」と言い、一瞬黙った。それから、

「ああ、我が署名屋《イムザージュ》ナズミー」と言って、また黙った。かと思うと、とつぜんとびかかって、立派な服装をした肥満漢をおしとどめ、その手をつかんだ。肥満漢は、鼻汁《はな》ふきハンカチの端をつかむように、自分にむかってのばされた手を、一、二度ふりはらい、

「どうしてる？　ガーリプ・ベイ……」と言った。

年とった男は、

「御機嫌よろしいようで、お喜び申しあげます。旦那」と言った、「まあ、何とすばらしい偶然でしょうか……。いつも、御健康を祈ってます。長いあいだ、お会いできませんでしたが、いま、何処にいらっしゃいますか？　ナズミー・ベイ」

ナズミー・ベイといわれた、布袋腹が頭より前につき出してる人物は、歩きながら答えていた。

「ヨーロッパにいたんだ。国際フルティフィケーション会議が開かれたんで……。君も知ってのとおり、僕はその会議の代表なんだ。フルティフィケーションの分野で、トルコを代表して行ってたんだ」

彼が歩きながら話してる最中、年とった男は、その左うしろから歩いていった。

「お会いできる機会がなかなかありません。ナズミー・ベイ……」

肥満漢は、まるで夢みながら、聞き慣れた歌をねごとで言うように、

「ああ……、ほんとだ」と答えた、「また会おう。僕は明日《あす》またヨーロッパへ行く。チューリッヒで国際会議が開かれる。僕は代表に選ばれたんだ。トルコ・ズルザニテーション代表として、明日、出発する」

「どうぞ御無事で、旦那。さようなら」

肥満漢は、厄介ばらいをしたように、年とった男をふりかえり見もせず歩きつづけ、数歩さきにある超一流ホテルの入口へとはいって行った。

年とった男は、まだ彼のはいったドアをながめていた。中年の友人は、彼の腕をつついて、

「ありゃ何だ、ええ?」と訊ねた。

年とった方は、

「いやあ、たまげた……」と言った。

「誰だ、あれは?」

二人は歩いて行った。年とった方は、伏目がちに歩きながら考えこみ、連れの問いに答えなかった。

しばらく、話もしないで歩いて行ってから、年とった男は友人に、

「さっき見た男だがな、あれこそ正真正銘、独力で成りあがった男なんだ」

「どういう地位にいるんだ?」

「大変高い地位にいる」

「職業は何だ？」

「何もない……」

「どういう仕事をしてるんだ？」

「まったく何もしていない。君、みんな、あれを、『署名屋《イムザージュ》ナズミー』と呼んでいる。いま、君に、あの男のことを話してやろう。僕の住んでる通りのそばにある野菜畑にとなりあって、一軒のゲジェコンドゥ（一夜づくりの不認可住居）があるだろう、ねえ。あのゲジェコンドゥは、どうも、むかし、僕の地区の警備人をやってた男が建てたらしいんだ。そのあと、その一部屋を、あのナズミーにくれてやったようだ。僕は、そのときまだあいつと面識がなかった。ある夕方、ドアがノックされた。やつれ果てて、ひどい服装をした男がやって来たんだ。忘れもしないよ。足にはお粗末な毛織物製のスリッパの上にゴム靴をはいちゃいたが、底の抜けたゴム靴を、ひもで足にしばりつけていた。『私めはナズミーと申します』と言った。『あそこの野菜畑のとなりの家に住んでおります。この地区へ、新しく引越して参りました』

『ようこそ』と僕は言った。

『地区民の名において、陳情書を書きました』と言った。『ここの通りの有様たるや、御存知のように、泥んこだらけで、通ったり歩いたりできるようなもんじゃございません。通りの修理のために、地区民の名において、市当局宛てに陳情書をしたためました。いま、全部の家に署名してもらっているんです。あなたにも御署名ねがえますか?』

『はい、はい。有難う。喜んで署名しますよ……』

僕は署名して、男に礼も言った。男は出て行った。

それから十数日して、男はまたやって来た。

『ここの道路がまだ修理されてないことに抗議した文章を、諸新聞に掲載するつもりです。御署名いただけますか?』

全地区民が署名したという。僕も署名した。

諸新聞に、僕たちの抗議文が出た。末尾に、こう署名されていた。『ハジュ・サーリム地区住民の名において、ナズミー・ピーロウル』

このナズミーは、一五日、二〇日に一度は地区のあらゆる家を訪れて、通りの修理のために、僕たちの署名を集めた。市当局宛てに書いた。諸新聞に投書した。省庁宛てに書いた。そのうち、結局、僕たちの通りを修理させてしまった。それからというもの、その男にたいする僕たちの眼はちがってきた。そのときまでは、彼を、「おい、ナズミー!」と呼びつけていたのに、通りを修理させるのに成功してからは、彼を、「ナズミー君」と呼びはじめたのだ。

と思ってると、こんどは、通りの端に電柱を立てさせるため、僕たちから署名を集めだした。僕たちは署名する。彼はあちらに書いた。こちらに書いた。結局、通りの両端に、電柱を二本、立てさせてしまった。そののち、彼は地区にごみ集め人が来ないと陳情しはじめた。署名は、こうである。『ハジュ・サーリム地区住民の名において、ナズミー・ピーロウル』それもやらせてしまったんだ、君。以前には、月に一度も、ごみ集め人が来なかったのに、週に三度も、ごみ集めトラックが来るようになったんだ。僕たちは、いまじゃ彼を、『ナズミー・ベイ（ナズミーさん）』と呼びだした。誰もかも、『署名屋《イムザージュ》ナズミー』と呼んでいる。彼はまったく休むひまなく、あのため、このために、署名を集めてる。しだいに、この署名屋ナズミーの評判が高くなり、この男の名声がひろがった。彼はとうとう署名を集めに僕たちの家に来なくなり、逆に僕たちが、彼の家をしょっちゅう訪れるようになった。

『ナズミー・ベイ。ねえ。ガスの件はどうなった。僕らの地区へは、ガスはこないのかい？』

『ナズミー・ベイ。このパン焼きがまについて苦情を言ってくれないか。出てくるパンがなま焼けなんだ』

『ナズミー・ベイ。石炭の件はどうなった？』

『ナズミー・ベイ。僕らの地区へ、コーヒー配給券を配ってくれないのかい？』

そのうちに、この署名屋《イムザージュ》ナズミーは、僕たちの地区に君臨するようになった。いまじゃもう、僕たちをものの数とも考えない。僕たちを怒鳴りつける。あいつが何と言おうと、そのとおりになる。あの男は、何処ででも知られている。市当局で、県庁で、文部省で……。何処ででも……。

あれこれしてるうちに、あいつは地区におさまらなくなった。この地域全体の問題は、あいつが処理してる。たびたびアンカラへ呼ばれる。県での会議に出かける。そうこうしているうちに、一月《ひとつき》ほど、姿が見えなくなった。ヨーロッパで国際民衆教育会議が開かれたらしい。署名屋《イムザージュ》ナズミーも、代表団に加わってヨーロッパへ行ったという。

　さらに、耳にしたところでは、署名屋《イムザージュ》ナズミーは、アメリカへ、何のだか知らないが、とにかく、我国の代表として行ったようだ。そのあと、この署名屋《イムザージュ》ナズミーは、僕の地区から引越して、何処にいるのかわからなくなった。ときどき、よくわからないが、何かの代表として、ヨーロッパへ、またアメリカへ行ったと新聞で読んだ。そら、わかったろう、ねえ。いまも、何の会議の代表だったのか、よく知らないが……」

「フルティフィケーション……」

「いや、いや。それじゃない。べつのことを言ったぜ」

「ズルティフィケーション……」

「そら、見ろよ。君。ズルティフィケーションの分野で署名屋《イムザージュ》ナズミーは、我国を代表するというんだ。ねえ。きやつは、地区民の名において署名をしいしい、仕事をひろげ、最後に、いまじゃ国家の名において署名しはじめたんだ。よくやったぞ、あの署名屋《イムザージュ》ナズミーめ……。あの男は、正真正銘、独力で成りあがったんだよ。あいつを見ろよ。人間、才能さえあればってことなんだ……」

女社長

私のつとめていた新聞社が、戒厳令のため閉鎖された。閉鎖は、こうして行われた。

一九時だった。我々は、いそがしく仕事していた。当時、私は警察・裁判所担当記者だった。公安局第一支部の私服警察で、新聞担当だったハサンがはいってきた。その褐色の顔は笑っていた。彼の顔が笑っているのは、記者連中のあいだでは、けっしていいこととはうけとられない。かならず悪い報らせをもたらす前兆である。まったくの話、記者の一人の死をでさえ、新聞担当警官ハサンは、まるで吉報をしらせるように、笑い笑い話したのである。

その笑顔を見ると、編集長は小声で私に、

「そら、また嫌な事件だ……」と言った。

ハサンはすぐさま吉報を伝えた。

「おたくの新聞は閉鎖だ。お報らせする《テブリィ》」

「お報らせする《テブリィ》」が、「お祝いする《テブリク》」というように聞こえた。

編集長は、

「理由は？」とたずねた。

ハサン巡査は、

「戒厳令の命令だ……」と答えた。

「戒厳令」というとき、嬉しさがこみあげてきて大笑いしかねないかのようだった。

戒厳令の命令とあれば、「理由は？　何故？　どうして？　何のために？」などという質問は、できるものではまったくない。

今度は、編集長は、

「命令状はあるのか？」と問うた。

ハサン巡査は、

「あとで送付されてくる……」という答え。

何とまあ、任務に忠実なこと、このうえない。電話でうけとった命令をタイプで打つ間すら待ちきれなかったようだ。我慢できなくて、この凶報をもたらすのに走ってきたらしい。

そのときは、まだ、むしろよかった、少なくとも。何故なら、

「命令状はあるのか？」とたずねることができたから。それより六か月まえには、こんな質問さえ、

と。

できなかった。命令状も送付されなかった。つまり、六か月まえにくらべると、民主主義的というこ

丁度そのとき、入り口でバイクの音が聞こえた。このバイクのバタバタが聞こえると、出版禁止か、閉鎖か、あるいはこれに似た凶報がもたらされたことを知ったものだった。バイクの巡査は、戒厳令の、新聞社閉鎖命令をつたえる書状を持ってきたのである。

我々はこの災難に口もきけなかった。たがいに何ひとつ話せなかった。無口のまま、すぐさま四散した。その夜、閉鎖された新聞社の執務室を去った記者は、我々二六人だった。このうち、私をふくむ七人は、その一〇日まえに、これまた戒厳令で閉鎖されたべつの新聞社から、この新聞社へ移ったばかりだった。

このとき、失業した記者たちに月給を払う義務は、社長にはなかった。労働組合も、まだ結成されてなかった。つまり、失業したばかりか、金銭《かね》もなかったのである。私は、二か月のあいだに、新聞社を三つ変わっていた。三社とも、戒厳令がつぎつぎに閉鎖したのである。「バーブアーリ（新聞社・出版社街）」は、失業した記者・作家たちでいっぱいだった。

出版が行われている各新聞社の定員は、ぎゅうぎゅうづめの満員だった。欠員のでる希望のありそうなところには何処ででも、一〇人の志望者が行列して待っていた。

こうした失業状態が二か月つづくと、私はもう何とも堪えきれなくなった。ある夕方、新聞記者協会にいると、一人の友人が、

「僕の社で、校正係の席がひとつあいたんだ。君のことを話しておいた。採ってくれると思うよ、きっと。他人がききつけぬうちに、すぐ来いよ！」と言った。

戒厳令という点からいうと、この新聞社には、またとくべつの安全性があった。というのは、その社長は、与党の代議士だったからだ。つまり、新聞社の閉鎖も、我々の失業も、起こりそうにはなかったのである。

私がその新聞社に入社したとき、代議士である社長はヨーロッパにいた。

当時の新聞社の社長たちは、そろってたいへんけちだった。まさしく、その、何とも言えぬけちんぼうさのために、時代の流れに、多くはついてゆけなかった。工業化した今日の新聞市場から、彼らの新聞の名前も、御本人の名前も、まったく見られなくなってしまった。だが、依然、そろいもそろって百万長者……。

我が社の社長は、けちのために、全部の部屋に、それぞれ電話線を引いていなかった。でっかい執務室に、電話はただの二台だけ。一台は社長室に、もう一台は記者室に。私は、毎夜、人のいない記者室で仕事をしていた。夜勤の秘書は、隣室にいた。外部から電話がくると、私は壁をたたいて、夜勤の秘書にその旨を伝えるのだった。

夜勤の秘書は、女性には目のない青年だった。ほとんどすべてのバーのホステスたち、歌手たち、ダンサーたち、映画女優たちと、仲よしだった。毎晩、十数人の女が彼に電話してきた。私はそのたびに、壁を蹴りつけては、電話がきていることを伝えるのだった。だけど、彼は、たいてい、自分の部屋で一人の女とこっそりやっているので、電話にまったく出ないか、たいそう遅れて出るかだった。

私は、仕事が見つかったので大喜びだった。ここからも追い出されはしまいかと戦戦兢兢だった。長く失業がつづき、一文なしに弱っていたので、どんな安月給でも、一番嫌な仕事を喜んでした。誰とでもうまくやって行こうとつとめていた。誰が何を言いつけようと、すぐさま実行した。

私をこの仕事につけてくれた友人は、

「社長夫人よりほかには、誰もこわがることはない……。夫人といさかいさえしなきゃ、誰も、君を社から追い出せやしないよ」と言っていた。

「社長夫人が、僕にとって何だというのだね？」

「そうともいえないんだなあ……。迷惑千万な夫人……。何にでも、余計な口出しするんだ」

この新聞社の社員は、社長夫人にうんざりしていた。女王、女帝を呼ぶように、社長夫人に、女社長の名を奉っていた。社内で、女社長をおそれぬものは一人もいなかった。誰でも叱りつけ、怒鳴りつけていたのである。

私は、女社長と顔をあわせぬよう、万全の注意をはらっていた。

入社してから三か月めのある夜、何時ものように校正していた。興味をそそられるレスラーのシリーズものだった。このシリーズがあまりに面白くてたまらず、あくる晩が待てないくらいだった。読むうちに、小説の昂奮にまきこまれ、我を忘れてしまった。その晩、丁度この小説に夢中になっているときもとき、電話が鳴った。電話から女性の声……。夜勤の秘書を、というのである。

秘書が聞きつけて来るようにと、私は壁を数回たたいた。電話の女性に、「ちょっと待ってください、いま来ますから」と言った。秘書が来て話すように、電話器をはずしたまま、テーブルの上においた……。私は、また、興味ぶかいシリーズものの校正に没頭した。その校正がおわった。電話をそのままにしておいたのに気づいたのは、そのあとのことだった。秘書は、奥の部屋にいなかったか、または、何か重要なことに懸命だったかだったのである。

私は、電話を切った。すると、すぐさま、電話がなった。

「はい、もしもし」

「あんたは誰よ！　いったい」

こうきいたのは女性だった。

私も腹がたって怒鳴った。

「あんたは誰だい！　ええ？」

私は、電話の女性を、例によって例のように、秘書に電話するバーのホステスどもの一人と考えていた。ところが、それは、なんと、女社長だったのだ！……だがそのとき私は、何も知らない……。

女は、電話でこう言った。

「あたしは、あんたに、夜勤秘書と話したいと言わなかった？」

「そう言ったよ……。だから僕は、壁をたたいて呼んだよ」

「それなら、何故出なかったのよ？」

「そんなこと、どうしてわかるんだい、この僕に?……」

「口に気をつけた方がいいわよ、あたしがそこへ行ったら、あんたの口を引き裂いてやるわよ……」

何とまあ、口の悪い街の女……。

「ええどうぞ、ご遠慮なく!……」と、私は、からかった。

そこで、女が、私に、下品きわまる言葉をあびせかけたので、

「僕は、あんたと話す口をもつほど無作法じゃないよ……」と言ってやった。

電話からは、金切り声が聞こえてきた。

「まあ、何て馬鹿なの! その作法を何処で習ったのよっ、言って見なさいよっ……。身のほど知らずっ!」

「ちったぁ口をつつしめい! 無作法ものめっ……」

「頓馬《とんま》!」

「頓馬《とんま》はあんただ!」

「人でなしっ!」

「人でなしはあんただ!」

この気狂い女の何ときついこと……。

女が罰当たりなことを口ばしるたびに、私も、「それはあんただ!」と言いかえしてやった。そんなやりとりのすえ、女は、私に、

「あたしがそこへ行ったら、目にもの見せてくれるわよっ！」と言った。

私も、

「言っとくが、ここへ来てみろ、目にもの見せるのが、あんたか僕か、どっちだかわかるだろうよ」

と言いかえした。

「ああ、この恥知らず！」

「ああ、と言われるのは、そちらの方だ。あんたぁ、気でも狂ってるのかい、ええ？　この女ときたら……。どうしてほしいと言うんだ、いったい？……」

「ああ、もう、気が遠くなりそうだわ。あたしは、あんたに、秘書と話したいと言わなかった？　あんたは、あたしに、ちょっと待ってくださいと言わなかった？　あんたは頓馬《とんま》あたまよ！……」

機関銃さながらに、いいきもつかずに悪口雑言をあびせかけた。まったくとどまることなく……。僕も、女に、

「それはあんただ、それもあんただ、それもあんただ……」と言いつづけた。

「早く早く秘書を呼びなさいよ！」

「他人をこきつかわず、自分の下男をやとうこった！　僕は、あんたの父親の下男じゃないっ……」

腹をたてて、壁を蹴りまくった。秘書に、

「出るんだ、この電話に、くそっ……。礼儀知らずの売女《ばいた》どものため、僕に苦労をかけさせやがって。こんな口汚い女を、何処で見つけたんだ？」と怒鳴った。

女にも聞かせてやろうと、受話器を口にあてたまま怒鳴ったのである。

秘書が来て、電話で話し出した。

「もしもし、はい……何でございましょうか、奥様……。何ですって？　ええっ！……どうおっしゃいました？　済みません、奥様、私めは……。お許しを……。私どもは……。はいごもっとも……。校正係が……。新参のもので、奥様、かしこまりました……。おっしゃるとおりで……。はい、はい、奥様……。どうぞよろしく、奥様……」

秘書は、まっさおになった。電話を切って、

「おいっ、何てことをやらかしたんだ？」と言った。

「何をしたって？」

「お前は女社長をがなりたてたんだ」

私は、ほとんど、その場にたおれて、気を失いそうになった。

「追い出すよね、きっと、僕を、社から、ねぇ？」と泣き声でいった。

秘書は、

「社長は、いまヨーロッパだ……。帰ったら、君を、間違いなく社から追い出すだろうて」と言った。

「頼みこんだら、あやまったら、間違ってました、と言ったら……」

「駄目、駄目。まったくの嚊《かかあ》天下なんだ。ぜったい頭が上がらないんだ……。女房の言うがままなんだぜ」

要するに、またまた、失職、一文なし、悩みがはじまろうということ。

思い悩んでいるときに、電話が鳴った。また、女社長だった。私は、自分でこう思った。どう言ってみても、どうせ、私を仕事から追い出すんだ、たすかるめどはない……。俺もおとこだ……。女に、「何言ってるんだい、ええ?」と、私からさきに怒鳴りつけた。

わかっている、どうせ、先方が私に叫びたてるだろうことは。しかし、女は、

「あなたは、さっき、あたしが誰かを知らないで、あんなことを言ったのよねえ?」と言った。

「どういたしまして……、知ってましたよ。女社長という渾名《あだな》の、癇癪もち女じゃないかい? おまえなんかとかかわりあってる暇はないんだぜ? ええ?」

女の叫び声が聞こえた。

「何ですって? 知ってながらのことなの?」

「何か言うことがあるかい? 先刻承知のうえでだよ……」

私は、電話をガチャリと切った。

とうとう、望みの糸は切れてしまった。どのみち、追い出されるんだ。

この一件から一週間ほどあと、社長が旅行から帰った。私は、どうなるかとビクビクものだった。帰ったあくる日、私を呼びつけた。しょんぼりして、社長室にはいった。心のなかで、頼みこんだら多分、哀れがって、仕事から追い出すまい、と思っていた。

社長は、まったく女房とは反対の男……。私は、両手を腹の前で組んで立ちどまった。

「よく来た、腰かけろよ、君……」

「これは、これは、社長」

「腰かけろよ、君、腰かけろよ……」

その顔は笑っていた。社長の前の肘かけ椅子に腰かけた。

「おめでとう、ありがとう……。君に心から感謝するよ……。僕の家内に弁じたてたんだって、家内をものともしなかったんだって！……御立派！……一三年間の僕の恨みをはらしてくれたんだ。お見事！　どだい、彼女《あれ》には誰も一言も言えないんだ……。よくやった、何てよく怒鳴ってくれたもんだ、よくやった……。僕は身にしみている、彼女《あれ》から蒙《う》けたことが……。すぐ、階下《した》へ行くんだ。僕が言っといたから、君に五〇リラ、特別手当をくれるはずだ、受けとるんだ！……」

私は会計係から、五〇リラ、受けとった。その日からというもの、私は電話のベルが鳴るたびに、それにとびついた。多分、女社長が電話をかけてくるだろう。そしたら、私は悪口雑言のかぎりをつくし、またまた、特別手当五〇リラをせしめられようというもんだ。しかし、彼女は全然電話して来なかった。ところが、或る日の夕方、自分で社へやって来た。部屋には、私のほかに誰もいなかった。室内へはいって来た。

「校正係は、あなたなの？」とたずねた。

「ええ、そうで……」と答えた。

「あたしに、電話でひどいことを言ったのは、あなただったの？」

私の目のまえにいるのが女社長だということが、そのときはじめてわかった……。電話では別人、面とむかえば、まったくの別人……。私は一言も言わずに、頭を下げた。

「おめでとうと言うわ、あなたに……。あたしは、歯にきぬをきせず話す人が、大好きなのよ。あたしのことは気にしないで。あたしは胃痛もちだから、すぐ怒りだすのよ。主人に、あなたに特別手当二百リラわたさせるよう言っておいたわよ。もらった？」と言った。

つまり、私に、特別手当をくれるようはからったのは、社長ではなく、女社長だったらしいのだ。女社長は、二百リラくれるよう言ったのに、社長は、そのうち一五〇リラを猫ばばしたらしい。

「どうして黙ってるの？　それとも、くれなかったの？　わかってるわ、くれるはずないわ……」と大声あげて、亭主の部屋へ駈けてった。室内《なか》ではひどい大騒ぎ。二人が私を呼んだ。社長は、泣き出しそうな声で、

「君、僕は、君に、特別手当二百リラ、あげなかったかい？」とたずねた。

女社長は、一方では社長をみつめている、他方では私を。眼は怒りに燃えている。「くれなかった」と言えば、亭主をなぐるだろう、「くれた」と言えば、私をなぐるだろう。

私は、

「社長。私にくれるようお命じになった二百リラのうち、第一回分の五〇リラを、会計係から受けとりました。これから毎月いただきます」と言った。

社長は、

「どうだ、わかったろう、お前……。なのに、お前は信じてくれぬ……」と言って、私の方をむき、

「ほら、行って。君、急いで、会計のところへ。おつりももらっていいぞ！」

正しい論争

あの、向いに坐って、喧嘩さながらにしゃべっている二人が御覧になれますか？　そうそう、あの人たち……。大声あげてしゃべりまくり、腹立ちまぎれに両手・両腕を大仰に上下させているところからみて、二人のあいだに、何か、大きな考えの違いがあることは明らか。御所望なら、口喧嘩らしく、大声でがなりたてている二人のあいだの意見のちがいをお話ししましょう。

この二人のうちで眼鏡をかけてる方は、名の知れた評論家、ムフタル・タタラアスが、まったくの無知で、鈍感で、礼儀しらずで、おまけに、恥知らずな男だと言っている。そばに坐っている鉤鼻の友人は、有名な評論家、ムフタル・タタラアスを弁護し、彼が大変な知識の持主で、勇敢で、歯にきぬきせぬ、高潔な評論家であるが、著名な評論家、バーヒル・コゾウルは、ほかに類のない下劣な、偽善的な、おべっか使いで、まったく無知のいかさま師だと言っている。眼鏡の男は、名のしれた評論家、バーヒル・コゾウルの味方で、彼の知識、率直さ、不屈ぶりをほめたて、ほめあげ、ほめちぎっている。

ようするに、向かいに御覧になる、一番はっきりした特徴として、一人は鉤鼻、もう一人は太縁眼鏡の二人は、知る人ぞ知る評論家、ムフタル・タタラアスとバーヒル・コゾウルのことが原因で諍いしはじめたのである。すんでのことで、この議論は、大喧嘩になりそうな気配だ。

お許しねがえるなら、読者の方々に事の真相をお話ししましょう。

じつはこうなんで。

世に知られた評論家、ムフタル・タタラアスは、『正道』という日刊政治新聞に、「朝な朝な」という題目で、毎日コラムを書いている。

有名な評論家、バーヒル・コゾウルは、『最新情報』という日刊政治新聞に、「これをどう判断するか?」という題目で、コラムを書いている。

いま、向かいで議論している二人のうち鉤鼻の男は、『正道』を購読し、ほかの新聞は読まない。ずっとまえから、『正道』に馴れてしまっていた。というのは、この新聞の、「前を見るな、運勢を見よ」という題目の星占いは、ほかのどの新聞の星占いよりも面白いからである。

眼鏡の男は、一新聞以上を買う金銭《かね》も、また読む時間もないので、毎日、ただ一新聞しか買わない。それは、ずっとまえから熱心に読んでいる『最新情報』紙である。というのは、この新聞のクロスワード・パズルが、ほかのどの新聞のクロスワード・パズルよりはるかにたやすく解けるとともに、この新聞が、長年来、サッカーのフェネルバフチェを応援してるからである。この眼鏡の男は、子供のとき、亡くなったおじがフェネルバフチェにいたので、このチームを応援しているのである。

　ある日、著名な評論家、ムフタル・タタラアスのインスピレーション源が枯渇してしまっていた。まえの晩、友人たちと朝がたまで飲んでいたので疲れてしまい、その日、執筆すべきコラムにとりあげる問題が見当たらなかったのである。こうした時に、自分にほほえんでくれるインスピレーションの女神に会えぬときには、いつでも、自分の美文調を信じこみ、筋のとおらぬ問題を、哲学的に味つけして飾りたて、詩的な文章で書きつづるのだった。その日もそうだった。文章の題目は、「乾燥ソラマメの美徳《ファズィーレト》とレンズマメの悪徳《レズィーレト》」であった。

　コラムの冒頭は、こうである。

「東洋世界の、現代西洋文明の豊かなる源泉たる偉大な碩学・賢者、イブン・メルテバーニーの『ソラマメの美徳、および、レンズマメの悪徳について』なる名称の著作には、かく書かれあり……」

　文章は、このあと、達人の流れるような文体でつづき、ソラマメとレンズマメとについて、深遠な知識を披露していた。じっさいはというと、「イブン・メルテバーニー」という学者も、『ソラマメの美徳、および、レンズマメの悪徳』という書物も、存在してなかったのである。しかし、このような学者、このような書物が有るのか無いのか、御本人同様、ほかの人々も知らなかったから、世にかくれもない評論家、ムフタル・タタラアスは、当日、面白さに読者たちを大笑いさせる愉快なコラムを書いたのである。

　このコラムが、『正道』紙に掲載された日、『最新情報』紙の「これをどう判断するか?」欄のコラム執筆者、バーヒル・コゾウルは、まえの晩、ファンの一人が招いてくれた宴席で、夜おそくなっていたので、その翌る朝、筆が進まぬのを何ともしようがなかった。コラムのネタを見つけようと、幾つかの新聞をひっくりかえしていると、『正道』紙に出たムフタル・タタラアスのコラムが眼にとまった。初めから数行読もうと努めたが、その日は気分が悪かったので、読んだことが一向理解できず、読むのをやめた。このムフタル・タタラアスと論争したらどうだろうか？　ここ一、二週間、誰とも論争しなかった。ところが、彼は大変な議論好きだった。その筆はいつも喧嘩ごしだった。読者は彼を、このためにこそ、支持していたのである。ムフタル・タタラアスは、合点だといって、わかってくれるだろう。さっそく、筆をとって書きだした。

「我が尊敬する同業の士、きわめてすぐれた評論家、ムフタル・タタラアスは、『正道』紙に昨日掲載されたコラムで、牡蠣《かき》に言及し、そのある個所で、この海棲動物が、一つのめすの下に、四〜五〇のおす牡蠣が群れをなして生息していると書くがごときケアレス・ミステイクをおかした。碩学のこうした知識に、正直のところ、たんに我々だけでなく、牡蠣をはじめ、すべての甲殻類が腹をかかえて笑うだろう。何故なら、周知のように、牡蠣にはめす・おすの区別がなく、それは単性動物だからである。そして、この動物のめすは、自然に、おすに、さらにまた、めすに変わることができる。めすの牡蠣は、おすとして、自分自身を受精させ、それからふたたび、めすにかえるのである。これほど単純な事実すら知らない、敬愛するムフタル・タタラアスが、くどくどと、民主主義、自由、人権について、毎日、読者にたいして行っている御教示が、どの程度、信用に値するかを、ここで、敢て明言はしないが、敬愛する読者が、あらためて理解されんことを望むしだいである」

この文章を読んだ『最新情報』紙の読者は、その前日の『正道』紙を読まず、したがって、ムフタル・タタラアスがどう書いたか知らなかったので、バーヒル・コゾウルの批判を、全面的にうけいれたのである。

ムフタル・タタラアスは、この文章を読むと、怒り心頭に発した。前日の文章だけにではなく、ものを書きはじめてからこのかた今日まで、「牡蠣」という言葉を使ったことはなかったのである。大変腹を立てた。立腹してこういう文章を書いた。

「真相は隠しおおせるものではない！」

「『最新情報』というぼろ新聞の間抜けな評論家の一人は、昨日の文章で、まったく愚にもつかぬことをあれこれのべてから、こう言っている（原文のまま）。

『クリストファー・コロンブスは、一八四八年のプロイセン革命のさい、シェイクスピア軍との戦闘中に戦死した。その最期の言葉は、「ああ、自由よ、汝《なれ》は何と美味《うま》きものか……」これは、パンが胃の栄養、音楽が魂《こころ》の栄養であるように、自由が頭脳の栄養であることをしめしている』

私は、この文章の何処を訂正したらよいのか？　どんな評論家でも、その意見に、何よりもまず、誠実さがなければ、彼に何を言おうと無駄である。おべっかを使って、何処の世にもうまく立ちまわるものが、真相を隠そうとしても、早晩、真理の光は輝き出るものだ……」

ムフタル・タタラアスのこの文章を読んだものは、バーヒル・コゾウルの無知ぶりに驚いた。だが、バーヒル・コゾウルは負けてはいなかった。翌日、『最新新聞』紙の「これをどう判断するのか？」というコラムに、こう書いた。

「恥知らずに答える」

「我々のはじめた学問的論争がつづけられぬのがわかると、それを、個人的問題にすりかえた、『正道』ぼろ新聞のおかかえ評論家、ムフタル・タタラアスと名乗る卑劣漢は、私に食ってかかり、いささかの根拠もない、嘘っぱちの中傷を行った。『天を仰いで唾《つばき》する』という諺がある。私は、彼がどんな悪者がよく知っている。さしあたり、きゃつが、故人となった大詩人、スレイマン・セバティ・ベイの家から、オーバーコートの下に隠して、洗濯機を盗み出したことを伝えるだけで事足りると思う。この話を信じない読者があれば、何卒、誠実の権化として、長期にわたって警察署長をつとめた故ナズミー・ベイに直接聞かれたい。そうすれば、真相がおわかりになるだろう。さらに、彼の『山の泉』という小説が、著名なフランスの作家、ジャン・ポール・ピエルの『ラ・フォンティーヌ・ド・ラ・モンテーニュ』という著作の盗作であることは、いまのところ言わないでおく。しかし、彼が、相変らず中傷しつづけるならば、さらに多くの犯罪を隠していること、また、必要とあらば、私は本人と法廷で白黒をつける覚悟であることを、お知らせしよう」

『最新情報』紙の読者は、ムフタル・タタラアスの文章を見ていなかったから、彼を嫌っていた。

これは、何という低俗な男だったことか……。

『正道』紙の「朝な朝な」コラムに、翌る日、ムフタル・タタラアスの、つぎのような文章が掲載された。

「中傷機械が汚泥をまきちらす！」

「その名を『最新情報』という新聞の『これを何と判断するか？』欄の、政府機密費を食いものにする評論家、バーヒル・コゾゥルは、論争が学問レベルでつづけられぬのがわかると、本筋からそれて、デマをとばすにいたった。何よりもまず、この男は、フランス語を知らないのにフランス語の翻訳をはじめ、赤恥をかいている。たとえば、"Dans la nature et la nation qui avec mon per est il son surmenaje"（原文のまま）という文章を、"Manajda babamla beraber koşarken nalın düştüğünden naturam bozuldu"（馬の調教場で、父といっしょにはしっているとき、蹄鉄が落ちたので、がっかりした）と翻訳したのである。じっさいは、中学生でもわかるように、このフランス語の文章は、彼のようには翻訳できない。正しい翻訳の披露は、この場が適当でないし、長広舌をふるうのもどうかと思うし、また、読者の時間をとると考えて、ここではさしひかえておく。この無知な評論家が、少なくとも、その女房が夜となく昼となく訪れる家族ぐるみのつきあいのある一番親しい友人の一人に訊ねたら、このフランス語の文章がどういう意味かがわかったろうに。ことを個人的問題にすりかえる気持はまったくないので、この新聞ギャングがエルズィンジャン生まれであること、また、父親が、売ってる油に粗悪品をまぜて、国内法にひっかかり刑罰をうけた食料雑貨屋であることは、言わないでおく。ただつけ加えておきたいのは、この男は、おべっかを使ったおかげで、昨年、ヨーロッパへ旅行したが、その帰りに持参した電気剃刀の関税を払わないで、また、口にするのも恥ずかしいが、何か必要品をいくつかトランクに入れて、密輸入したことを知らない読者はないと思うということである。まだまだ言うべきことは多いが、筆にするのも汚らわしい……」

ムフタル・タタラアスのこの文章は、『正道』紙の読者に、バーヒル・コゾウルが、何という卑劣漢であるかを、よくわからせた。バーヒル・コゾウルがまことエルズィンジャン生まれでなかったとしても、エルズィンジャン生まれの『正道』読者は、バーヒル・コゾウルが、自分の同郷人であることを恥としたのである。バーヒル・コゾウルは、すぐ、筆をとった。

「政府に御注意申し上げる。左翼のものが遠吠えしはじめた」

「注意されたい。危険がせまっている……。我国で、一方では、有害な風潮との闘いが展開されているのに、他方では、左翼的論説が、あらゆる衣裳をまとって、ひそかに、民衆をあざむきつづけている。この忌まわしき連中のやり方は、まず、国家のそなえている真価をないがしろにし、世論を、おのれの思うがままにあやつることである。これらのうちもっとも危険な、『正道』ぼろ新聞の汚らわしい論説が、私に攻撃をかけている。しかし、今回は自分がひどい目にあった。彼の裏面をすべてすっぱぬくのが、私の責任となったのである……」

こういう調子で延えんとコラムを続けたが、最後に政府の検察官の注意が、ムフタル・タタラアスの文章にむけられることになった。

ムフタル・タタラアスは、これにたいして、「しいっ、うるさい！」という文章で答えた。この長い文章で、これ以後、わが身を卑しくしてまで答えるつもりのないことをしるしていた。

バーヒル・コゾウルの答えは、「出て来い、そこから！」という題目で掲載された。これが最後の回答であった。

この結果、たまたま向かいに坐った鉤鼻の男と大縁眼鏡の男が、この二人の評論家のために激論をかわすまでにいたったようである。一人は、ただ『正道』紙だけを、もう一人は、ただ、『最新情報』紙だけを購読していたので、意見はまったく噛み合わない。

私は、この両紙の論争文を読んでいたので、事態をよく知っている。さらに、もうひとつ知っていることがある。この二人は、ここで、あわや大喧嘩になりそうな激論をたたかわしているが、彼らの論争の種子《たね》である二人の世にかくれもなく有名な評論家は、総理大臣の招宴で隣りあわせに坐って、たがいに褒めあっているのである。何故なら、彼らは、思想の自由の何たるかをわきまえているだけでなく、あい対立する考え、信条の持主ではあるが、やはり、たがいに尊敬しあっている大変文化的な、二人のジャーナリストだからである。

代議士の外套

冬の来るのが早かった、今年は。十二月の中旬に、雪が降った。私は、冬が嫌いだ。夏も嫌いなんだが……。一度だって海に入れなかった。一瓶の冷えたビールだって飲めなかった。夏のどこが好きになれようか？……冬には凍《こお》れ、夏には炒《い》られよ。夏も冬も嫌いだが、そんなら、春は大変好きか？　いやいや……。それほど楽しめもせず、満足な暮らしもできないのに、どうしようというのか、そんな春を？

しかしその冬は、私には、縁起がよかった。一年まえに七百リラで買った百科事典が、ユクセクカルドゥルムの古本屋に二五〇リラで売れると、その金銭《かね》が、天から降ってきたもののように思われた。

私の目的は、その冬だけでも、外套を着ることだった。読者には信じ難いだろうが、その年齢《とし》まで、外套なるものを着たことがまったくなかったのだ。どの冬も、丈の短い上着か、レインコートですごしていたのである。

上等の外套が欲しくてたまらなかった。ほら、厚くて、毛皮つきで、奢沢な仕立てで、とてもあったかい外套……。色は、とりわけ駱駝いろ……。どうしたわけかわからぬが、多分、子供のころに、ハンサム、または、金持ちでこれ見よがしの男の着ていた外套からうけた印象から、駱駝いろで、厚い外套につよくあこがれたのであろう。立派で、スマートな外套は、それを着ているものの窮乏・貧困を隠してくれる。厚手の外套を着てさえいれば、万一、ズボンのうしろにつぎが当たっていてもかまわない。

もし、望みどおりの外套が着られたら、牡丹雪がひらひら降ってても、ものともせずに闊歩できるはずだ。ちらちら降る雪片は、厚い外套の柔毛に触れたかと思うと、すぐ溶けてしまうはずだ。

百科事典を売り払ったことは、家族のものには内緒にしておいた。というのは、ポケットに二五〇リラあることがわかったら、二五万リラにもなるいろんな要求を出してくるからだ。家のものたちにたいする秘密は何もない。ただ、我が夢をかなえる駱駝いろの外套のためには、ポケットの金銭《かね》だけは隠しておかねばならなかった。

洋服屋の看板を見ながら、ベイオールの大通りを何回か通りすぎた。ポケットに金銭《かね》があるとなれば、人間、看板に気おくれすることもなくなるようだ。かなり目立つ看板のある洋服屋の仕立場に入った。大きい商店の二階にあるギリシア人の洋服屋は、外套用の生地《きじ》を、私の前にひろげた。ちょうど望みどおりの生地を選び出した。それを、くびから下に垂らして、鏡に映して見た。とても似合っていた、この生地は。

「いくらになる?」

「あなたのために特別に九百リラ……」

びっくり仰天。値段の交渉の余地さえない。

「わかった。またあとで……」

と言って、そこからこっそり逃げ出した。

路上で友人と会った。

「何だ、その恰好は。上ばかり見て歩いて……」と言った。私は、

「洋服屋の看板を見ているんで……」と答えた。

彼の知ってる洋服屋があるといって、そこへつれて行ってくれた。まえのに比べると、格の一段落ちる洋服屋であることが、仕立場からわかった。二人で生地を選んだ。

友人は、

「この生地は、ずっと昔の流行《モード》だ……」と言った。

生地は流行おくれかもしれぬが、私は、その遅れた流行が気にいった。この洋服屋は、知り合いが一緒だったので、特別に八百リラで仕立ててくれると言った。
三、四日間、洋服屋をさがした。二五〇リラでは、オーダー・メイドの外套は着られぬとわかったので、既製服屋にたのむことにした。既製服でも、望みどおりの駱駝いろの厚手の外套はあった。あるにはあった。しかし、いちばん安いので六百リラ……。ベイオールのあとで、もっと安いのを、と

いうので、スィルケジへと足をはこんだ。マフムトパシャのある店で欲しい色合の外套が見つかったが、五百リラした。その冬も、外套なしですごそうと決めかかると、ある友人が、

「どうして、グランドバザール《カパルチャルシュ》の古着屋へ行かぬのか?」と言った。

この友人は、ずっとまえから、衣類はそこで買ってるという。

「ちょっと見てみろよ、びっくりするぜ。どんな服があることか。あそこの古着屋には……」と言っていた。

たとえば、友人は「ある金持ちが服を仕立てさせる、それを着た翌日、上着の襟に食物がこぼれたとしよう。その服をクリーニング屋へさえもって行かず、彼らはすぐに古着屋へ売り払う」という。そのほか、こんなこともある、あんなこともある……。人々は、外套を、洋服屋に仕立てさせても、気にいらないと売り払うらしい。洋服屋に外套を注文して、そのまま、取りに来ぬものもあるという。洋服屋はその新品を古着屋へ売り払うという。とくに、アメリカ製の洋服があるんだ……。アメリカから古着が輸入されるほかに、ここに住むアメリカ人が服を売るということだ。こうした古着は、ぜんぶグランドバザールの古着屋に集められる……。

我々二人は、そこへ行った。まったく、友人の言ったとおりのところ。ちょうど望みにかなった、柔毛で、厚手、駱駝いろの、しかも、二五〇リラの外套を見つけた。その外套には、ただひとつだけ欠点があった。私の身体《からだ》に合わないのである。一着の外套に、私くらいの人間が二人、いや、三人でもはいれるのである。外套を着て、左右をあわせるとボタンの場所が、腰をひとまわりして、背中ま

で来るという始末。裾は、床《ゆか》の掃除にちょうどいい。両手は、外套の腕のひじまでしか来ぬから、まるで腕なしのような有様である。外套にくるまって、ただ頭だけがのぞいている。

古着屋は、私を、姿見のまえに、無理やり押しやって、着せた外套の襟の両端をひっぱりひっぱり、言った。

「御覧なさい、あなた。何とぴったりなこと。ちょうどあなたさまに合ってます。注文して作らせたら、こうは似合いませんよ」

男は、しゃべりつづけた。

「大変お似合いで。何と御立派、お身体も良い。ちょっとまわって、うしろからも御覧なさい！……すごいっ……お腰を御覧、何とぴったりなこと……。こんなことはそうはありませんよ。洋服屋が、ちょうどあなたのサイズにあわせて仕立てたようですよ。何とまあ……。襟はいかが……。とても良い、あんた！……。だが、あなたの体格も立派ですよ、御立派……」

私を、鏡のまえでぐるぐるまわしながら呆気にとらせたので、外套と、私の身体のサイズとをほめちぎる彼の言葉のまえには、いうべき言葉もなかった。ちょっと、

「すこし大きめではないかね？」というのがやっとだった。

古着屋は言った。

「いやいや、あなた。かえってよけい良いですよ。お金持ちに見えますから……。外套はゆったりしている方がいいですよ、金持ちげで」

彼の言うとおりだが、私を金持ちらしくするこの外套は、大変、ゆったりできているので歩いているとき、知らないうちに体から滑り落ちないかと心配だった。

私は、

「少し大きすぎるな……」と言った。彼は、

「いまの流行は、こういうので……。だけど、あなたしだいで、お望みなら、すぐ仕立屋になおさせますよ」という答え。

友人は、古着屋の言うのに同調し、

「駄目駄目。この立派な外套は、仕立てなおさない方がいいよ。ちょうど、お前に似合ってる」と、口をはさんだ。

「そのとおり。だけど、街路《とおり》は泥んこだ。裾を、ちょっと、短くすれば……」と言った。

古着屋は、

「承知しました。いますぐ知らせます、洋服屋に」と答えた。

私は、この立派な外套の裾を切らせるに忍びなかったので、

「いーや。切らないで。内側へ折りこんでくれ」とたのんだ。

いよいよ、値段の交渉だ。古着屋が、

「二五〇リラより二クルシュでも負けろとは言わせませんよ……。まあ、信じてくださいよ、私は、この外套を二五〇リラで買ったんで。けれど、お友達が、私どもの常連のお顧客《とくい》さんなんで、利益ぬ

きで売るんです。あなたひとりで来られたのなら、五百リラと言うところですよ。まったく新品の外套……。洋服屋へいらっしゃったら、千リラでも作りますまい。いまじゃもう、こんな生地はありません。何処をさがしても……。このての生地は、いまじゃ骨董的値うちものなんで。……しっかりした生地。あなたはこの外套を、一生涯——御長命をいのりますが——着られますよ。値段の交渉はやめてくださいよ……。びた一文も引けません。あなた、これは、ただ仕立代だけで五百リラするんで。見かけは良いし、しかも、ピカピカの新品。一週間すら手がとおってないことは受けあいますよ」

一〇リラでも値ぎれようかと、さらに、一所懸命やってみた。

古着屋は、言った。

「もう一言、あなた。この外套を冬中、着なさい。夏になったら、持って来てください、私に。あなたから、また、二五〇リラで買ってさしあげます、この外套を……。そら、このかたの前で約束しますよ。四月、五月に持ってらっしゃって、私から二五〇リラ受けとりなさい」

この計算は、まったく、思いもよらなかった。

「本当に、買いもどしてくださるんで?」

「神かけて本当に受けとりますよ。お望みなら、契約書を書きますが……。誰であろうと、この外套は、五百リラで売るんで。じゃなくて、私は、あなたがしんそこ気にいったんで、二五〇リラで売るんでさぁ」

二五〇リラわたして、外套を着た。まったくのはなし、外套は、私に似合っていた。しかし、私のほうが、外套に、ぜんぜん合わないのである。道を歩きながら、自分をショーウィンドウに映して見た。そう、贅沢で、ゆったりした外套……。

知りあいの連中は、

「おお、お似合いで！　議員さんみたいになって、まったく……」と言った。

このての言葉は、ぜんぜん気にいらない。誰でも、年に二、三度は、新しい服を仕立てるが、誰一人としてそれに注目しない。なのに私が、長年ののちやっと、古着の外套を着ただけで……。みんな、「おお……」と珍しがる。ようやく違う格好をしたというんで、この調子だ、こん畜生……。みんな、古ぼけた服の私を見馴れているんだろう。ちょっと新しいのを着たとたん、連中の目がきッとなる。

野郎どもの一人が、

「衣裳は変ったようだが、中身はあいかわらず……」と言うではないか。

知りあいの連中は、みんな、私の外套を見馴れるまでは、いつも、「おお……、議員さんの外套を着て。議会へお出かけのところで？」と、からかってばかりいた。

外套をはじめてまとった日のことだった。夕方、汽船にのった。煙草をさがしていた。外套のポケットをさがした。煙草の箱がない。だが、汽船にのるまえに、埠頭の店で煙草を二箱買ったのだ。つまり、落としたらしい。しばらくして、切符がかりが来た。残るくまなくさがしても、切符はない。いったい、どのポケットに入れたんだろうか？　ポケット全部をひっくりかえした。ない。汽船で、罰金を払ってもう一度切符を買った。

汽船からおりるとき、手をポケットへ入れた。また、切符がない。気が変になりそうだ。要するに、罰金を払って買った切符も、ぼんやりしていて、捨てたらしい。もう一枚、罰金を払って切符を買って、埠頭から出た。すぐさま、煙草二箱とマッチ一箱とを買った。バスにのった。切符を買った。切符を調べに来た。バスの切符も、また、ない。まわりを全部さがした。ポケットを裏がえしにした。床《ゆか》を見た。ない……。罰金を払って切符を買うのは何でもないが、嘘をついて、「僕は切符をもっている」というようなのは、恥ずかしい。

帰宅した。家内は、外套が大変気にいって、

「あんたにゃ、ちっとも似合わないわ。けど、大きさは良いわよ。これから、あたしのコートを作りましょう。息子用の外套もできますわ」と言った。

「俺は、何を着るんだ?」

「その残りぎれ《アルタン》で、あんたにゃ、十分よ。お釣り《アルタン》がくるわ」

私は腹が立った。煙草をすいたくなった。ない。家内に声かけた。

「外套のポケットに煙草があるはずだ」

「ないわよ。外套には、煙草なんてものはないわよ……」

この外套は、私には、どうも縁起がわるい。何を買っても、なくなってしまう。一度なんかは、家の鍵をなくして、家族全員がはいれなくなってしまった。錠まえ屋をつれてきて、戸をあけさせるという始末。

ある日曜、家内と一緒に映画へ行った。土曜に買っておいた切符が、どうしても、見つからぬ。家内は言った。

「この議員外套を着てからというもの、あんたは、馬鹿になったのよ……。自分をほんとに議員さんだと思ってるの。何よっ。あんたの買ったものはみんななくなってしまう……」

いちばん悪かったのは、ある日、五リラ、一〇リラの札束をいっしょにしておき、全部で、一五〇リラなくしてしまったことだ。外套の内ポケットに入れたことは、はっきりしている。外套のうちそと、裏地、ポケットを、ひっくりかえして見た。ない。家内はかんかんになった。

「盗《と》られたんだわ、お金銭《かね》を。そんな外套を着てたら、掏摸《すり》どもが、あんたを金持ち男と考えるのは無理ないわ……」とさけんだ。

なかでも、ハンカチ……。まぁ、これは聞かんでくださいよ、毎日、一枚ずつ落としてたんです。

懐が大変さびしいある日、友人から五〇リラ借りた。金銭《かね》をポケットにしっかりといれてから、内ポケットの上のボタンをかけた。家へ帰った。ポケットに金銭《かね》がない。家内は、

「また、盗まれたのよ……」と言った。

「おい、どうして盗む……。ボタンだってちゃんとかかってるんだ。泥棒の名人だって、金銭《かね》を取ったあと、ボタンをかけられまいて……」

「あんた、この外套のポケットをよく調べなさいよ、穴とかほころび目とかはないの……」

いいや、穴もほころび目も何もなかった。

冬と春とをすごした。外套を脱ぎ、ナフタリンをいれて、荷物のなかへしまいこんだ。

またまた、暮らしに困ったある日、金銭《かね》をどう工面したらいいかと思いめぐらしていたら、外套を売ることがひらめいた。私が買った男は、「夏にもって来なさいよ。二五〇リラ払いますから」と言ってたじゃないか……。

でっかい外套は、とても手では運びきれない……。六月の暑いさなか、外套を着こんだ。そして、行った、例の古着屋へ。約束した言葉を思い出させた。

「はい、承知しました。二五〇リラでお引きとりしましょう……」という言葉。

私にはまったく思いもよらなかった。二五〇リラじゃなく、百リラくれたら売るつもりだった。

「冬ごろ、おいでなさい、また、お売りしますよ、あなたに……」と言った。

私には、この男の言うことが胡散《うさん》くさかったのである。気違いじゃないか、この男は……。二五〇リラで売った外套を、ひと冬着たのち、またおなじ二五〇リラで買いもどすなら、その利益はどこにある？

「それなら、今日は着て、明日もってくる……」と言って、店を出た。

ほかの古着屋の店へはいった。外套を売りたいと言った。男は、何度もひっくりかえして、外套を調べてから、五〇リラで買いましょう……と言った。

解けない謎……。だが、私の心づもりは、この立派な外套を二五〇リラ以上で売ることだった。

夕方おそく、考え考え、家へ帰るところだった。あたりはもう暗かった。煙草がすいたくなった。

煙草は見つかったが、マッチがない……。けれど、カシャカシャとマッチの箱の立てる音は聞こえていた。道に落ちたのかもしれぬと、かがんでさがしていた。まっくらのなかで……。さがし、さがしているると、

「助けてぇ！……」という女の金切声。つづいて物音……。棒をもった男が、私に飛びかかった。夜警の警笛……。

私はつかまり警察署へ連れて行かれた。罪状は、出歯亀《のぞきみ》……。どうやら、眼前の窓から、家のなかを、そっとのぞいていたということらしい。のぞいていたところは、便所の窓だという……。

神かけて、そんなことはない。上級警官は信じてくれぬ。信じてもらえるはずもない。私は、マッチをさがしさがし、あばらやの庭にある小屋のうえにのぼってしまったらしいのである。私は、上級警官に言った。

「あなた。私は、恥をしってますよ。どうかお願い、私をよっく見てください。出歯亀《のぞきみ》するような男に見えますか？」

「いやぁ、俺は、お前みたいに紳士ぶった出歯亀《のぞきや》を見たことがあるぜ……」

「神かけてそうじゃない、絶対そうじゃない」

「そんなら、他人の庭の小屋のてっぺんに、何の用があったというんだ？」

お説、ごもっとも。マッチをさがしてたといいわけしたところで、小屋の屋根でマッチさがしとは、誰が信じてくれようか……。しかも、便所の窓の下で……。

「まちがってしまったんで……。我が家へとおもって……。あそこへどうしてのぼったか、自分でもわからないんで……」

調書をとりはじめた。

「名は？」

さてと、私は、我が家あたりじゃ、ちょっとは知られた人間だ。ありのままの名を言ったら、翌日の新聞は、「出歯亀《のぞきみ》の現行犯で逮捕」と書きたて、誰にも顔むけならなくなってしまう。すぐに、

「名はメフメット……」と答えた。

「苗字は？」

「デミレル……」

調書はおわった。現行犯裁判所へ連行されるようだ、朝になれば。

警官の一人が、とつぜん、

「この暑いさなかに、こんな厚い外套とは何ごとだ？」と訊ねた。

上級警官は、

「しかも、この外套は、お前のじゃない……」と言った。

「私ので、あなた」

「どうしてお前のものか、ええ？　よっく考えてみい。このなかに、お前くらいのが三人は入れるぜ。

調べてみい、そいつの着てるのを」

外套を脱がせられた。警官が二人、外套を調べる。

「何だ、これらは？」

外套の裏地から、鍵が一〇個、一五個、どさっと出て来るじゃないか？……。家、部屋、事務所、戸棚などの鍵……。なくした鍵が全部そこに。

「よっく見ろ、何だ、これらは？」

「私の鍵で」

「お前は、錠まえ屋か？　やっとわかった……」

外套のうちそとをひっくりかえした。汽船、バスの切符がぞろぞろ、山のようなハンカチ、ジャックナイフとパン用のナイフとが一本ずつ、札束、鉛筆が七本、万年筆が二本、剃刀の刃が一箱、小銭が二つかみ、時計が一個、ブラジャーが一枚（子供がいれたのだろう）、紙きれ、煙草が一六箱、マッチが五箱、女用の靴下が片方（これも、子供がいれたのだろう）、陳情書が二通、歯ブラシが二本。

上級警官、

「外交航路から帰港した汽船からでさえ、こんなに密輸品は出てこない。これらは何だ？」

私は、考えはじめた。

「何を考えてるんだ？」

「こんなに重いものを、何か月も、どうして持ってまわってたか、それを考えてるんで」

ほかに何ともしかたがないので、すべてを、ありのままに説明した。その夜は、警察でとまらされた。夜が明けて、警官と外套を買った古着屋へ行った。古着屋が、外套を二五〇リラで買い戻そうとした理由が、いまにしてわかったのである。だが、羊の尻尾をしらべるように、私を突いたり押したりして、外套の裾を調べていた古着屋は、言った。

「いいや……。この外套は、私の売ったものじゃない」

「あれあれ、どうしてそんなことが。お前は昨日、この外套を、二五〇リラで買い戻そうとしたじゃないか？」

「おたくは、私にゃ、見も知らぬ人で……」

出歯亀《のぞきや》といわれてたのが、事態は、泥棒問題となってしまった。外套のほんとの持主がわかった……。この外套は二年前、ある議員の家から盗まれたものだという。議員は、外套をとりもどした。私は、それを悲しみはせぬが、大きな外套の持主の大男の議員が、何と、外套の裏地から出てきたものは、全部、自分のものだというではないか？「そう、みんな、儂《わし》のもんだ」と言った。ただ、桃色の絹繻子で手製のブラジャーだけは、気にいらなかったらしい。

「これは、儂《わし》のじゃない」とのたもうた。

気性

気性の大変激しい人を、御覧になったことはあるでしょう。しかし、ヌマン・ベイほど激しい人は、誰一人いない。激しいことこのうえなしとして知られている男でも、ヌマン・ベイのそばでは、蜜蠟《みつろう》さながらのやわらかさにみえる。

人の噂によると、四十歳まで、ピストルを肌身はなさずもっていて、数珠《テスビヒ》を繰るかのように、ズボンのポケットから、ピストルの引き金をちらつかせていたらしい。また、人の言うところでは、何人かの人に発砲したが、当てられなかったともいう。射撃の腕前では達人。ただ、やぶにらみのために、目標に命中できぬのである。しかし、ご承知のように、どんな小銃でも、ピストルでも、その照準器は、やぶにらみでないもののためにつくられている。もし、あるピストル工場が、ヌマン・ベイのやぶにらみの眼に合った照準器をつくったら、ヌマン・ベイは、飛んでる蚊の眼の玉でもうちぬくだろう。それほどの射撃の名人……。ところが、ピストルが普通でない眼に、そして、ヌマン・ベイの眼が普通のピストルに合っていないため、目標に命中せぬのである。ヌマン・ベイの右眼は、見ているものの一一度東北に、左眼は、これまた見ているものの八度七分西南に向いてるという。つまり、まったく、ピントがはずれている。両眼の方向がぜんぜん別なので、彼のピストルには、銃身が二本いるのである。彼のピストル弾から生命《いのち》をまぬがれたものは、

「おお神《アッラー》よ、汝《なれ》は、何者を斜視にすべきか御存知なり……」と、感謝の祈りをささげるといわれる。

誰に、何故、何時、どうして怒るのか見当もつかない。ある集まりに坐っているとき、とつぜん、桃色の顔が砂糖大根さながらに赤くなる。顔色が赤くなるのは、怒った最初の徴候。それから、髭が動きはじめる。一方で右の髭が、一方で左の髭が、蝶々の羽根さながらにぶるぶる震える。まさにそのとき、人々は、ヌマン・ベイをなだめようとする。なだめるには、「いったいどうしたんだ？」などと訊ねてはならぬ。

うるさく訊ねようものなら、それこそ、完全に怒ってしまう。ただ黙って、話さないのがいい。ヌマン・ベイの髭は、一日、二日、ぶるぶる震える。そして、最後にようやく、怒りがしずまる。髭が動きはじめてからは、ヌマン・ベイが怒っているのかどうかわからなくなる。それでも、さらに神経にさわると、今度は、ヌマン・ベイの眉毛が動きだす。ふさふさした白髪まじりの眉毛だ。それから、頬の筋肉・唇が震える。眼前には、まっかな顔をした一人の男が、髭・眉毛・頬・唇をぶるぶる震わせている。さて、そのあとが大騒動……。

私がヌマン・ベイを知ったときには、五十歳をすぎていて、もう、ピストルをもつのはやめていた。

誰かに腹を立てようものなら、手当たりしだいのものを、頭に投げつけた。いや、正確にいうと、自分では怒った男の頭に当てるつもりで、手に持ったものを、ほかのところへ投げつけるのだった。

ある夜、我が家へ何人か来客があって、笑い笑い楽しいときをすごしていた。途中でヌマン・ベイが、何かの理由で腹を立てたようだが、それは私にはわからない。坐っていた椅子をつかんだかと思うと、クッションでねむっている猫に投げおろした。猫は、ニャオともいわないで、クッションにはりついた。クッションは、うえに猫の浮き彫りのあるクッションになってしまった。

ヌマン・ベイが、椅子を娘に投げたら、いつものように、娘には当たらないで、猫を殺した。

ヌマン・ベイの娘は、アメリカン・カレッジを卒業し、ある会社につとめていた。大変な美人で、父からはよき血筋を、母からはすらっとした容姿と性格を受け継いでいた。

ヌマン・ベイには、この娘のほかに子供はなかった。娘が、つとめている会社でアメリカ人と相思相愛の仲になった。ちょっとばかり、愛しあいすぎたのであろう、結婚せざるをえぬ羽目におちいった。だが、ヌマン・ベイにどう話したらよいのか……。娘には、このアメリカ人と結婚するよりほかにしかたがない。というのは、妊娠一か月半ばかりになっていたからである……。アメリカ人も、娘にぞっこん。娘の母親は、アメリカ人との結婚に大賛成。ヌマン・ベイにどう話すべきか?……

娘の母親が我が家へ来て、ヌマン・ベイにうちあけてくれるようたのんだ。私は、

「すみませんが、僕はよそのご家庭のことには干渉しないことにしてるんで……」と答えた。

ヌマン・ベイには、むかしの軍隊時代の友人がいた。彼が、

「俺が言ってやろう、ヌマンに……」と言った。

何故なら、この男は、ヌマン・ベイの何時ものやり方を何から何まで、つまり、手にしたナイフを、やぶにらみのために、どのくらい外《そ》らして投げるかを知っていたからである。ヌマン・ベイが、家にひとりでいたある日、ぜんぜん前置きもなしに、だしぬけに、

「ヌマン。あるアメリカ人がお前さんの娘と結婚したがってる……」と言った。

ヌマン・ベイの顔が赤くなるのと、髭・眉毛・唇がぶるぶる震えるのとは同時だった。そばにあった水瓶をとるが早いか、投げつけた。だけど、男は、ヌマン・ベイのやぶにらみを、ちゃんと計算していた。

「無駄に怒るなよ。万事休すだ。お前さんの娘は腹ぼてにすら……」と言った。

ヌマン・ベイは、椅子を投げつけた。家中、半時間で、砕かれぬ、引っくり返されぬ、粉々にならぬ家具は、何ひとつなくなった。ヌマン・ベイはくたびれはてて、床《ゆか》のうえに、大の字になったままだったが、髭と眉毛とはぶるぶる動いていた。

友人は、

「どれほど腹をたてても無益の沙汰……。娘は腹ぼて……。アメリカ人と娘を一緒にするしかない……」と言った。

ヌマン・ベイはまっさおになって、

「ムスリムになるなら、承知……」と言った。

当のアメリカ人に訊いたら、アメリカ人は、

「ムスリムにでもなる。正教徒にでも、ユダヤ教徒にでも……。望むどおりのものになる……」と答えた。

今度は、ヌマン・ベイは、

「割礼すれば！……」と言った。

アメリカ人は、それにも「結構」という返事。

ことはここまで進み、彼らはアメリカ人を家へまねいた。いや、本当は、アメリカ人が両親に正式に結婚の申しこみをするため、家に来ることになったのである。

ヌマン・ベイは、親しい知りあいを、その夜、食事にまねいた。それにまじって、我々もまねかれた。私には、ヌマン・ベイがどうしてこんなに多くのものをまねいたかがわかった。とにかく、どうあっても、娘をアメリカ人に嫁《や》るしかない。この結婚の決定について、ほかのものも賛成してくれるなら、これがそれほど悪い話ではないと自分でも納得できるだろうと思ってのことである。

アメリカ人の若者が来た。ハンサムで感じのいい青年。あの、臀《しり》の小さな、得たいの知れない、ひょろ長い足のアメリカ人ではない。イタリア人の血がはいっているにちがいない。地中海タイプの快活さ、熱情がみられる。とても元気のいい、ブルネットの青年。

九人が、食卓についた。英語を知ってはいるが、どうしたわけか、ヌマン・ベイはまったくしゃべらない。その顔に注意していたが、髪の毛一本、動かない。つまり、いらいらしてないということ。

しめた、こりゃいい。

食卓につくまえに、私は、ヌマン・ベイの軍隊時代の旧友の耳元で、「アメリカ人に何か投げたら、何に当たるだろうか?」と訊いた。

「あの椅子に当たるよ……」と答えた。

ヌマン・ベイが、まさにその椅子を私にしめして、

「あんたは、ここへ、どうぞ……」と言うではないか!

私は、アメリカ人から、椅子をひとつへだてて坐った。

アメリカ人は、話し話し、大笑いする。かつて、中国に五年いて、中国語を知っている。三年間、インドにいて、ウルドゥ語を学んだという。

「僕は、何処へ行っても、そこへ、すぐ順応するんです」と言う。私は、

「トルコ語も覚えましたか?」と訊ねた。

「ちょっとばかり。いくつかの単語を覚えました。まだ、来てから四か月しかたってません」

このアメリカ人が、住んだところへすぐ順応する証拠は十分。四か月間に、娘といいことをしたんだから。私は、

「誰から、トルコ語を習ってますか?」と訊ねた。

「外国語を覚えるのに一番いいのは、そこの民衆《ひと》に習うことで。私の会社の建築場で働いてる労働者たちに習ってます。けど、まだ単語を三つ四つ、覚えただけなんです。『有難う』『大変うれしいで

す』『お願いします』『さよなら』くらいで……」

これらを英語で話していた。

コップに、ラク酒が満たされた。ヌマン・ベイは、コップをあげて、アメリカ人にむかってさしだした。アメリカ人は、コップを、ヌマン・ベイのコップに当てて、彼に、とつぜん、トルコ語で、

「とんまの馬鹿野郎!」と言った。

私は、ヌマン・ベイの顔を見た。砂糖大根……。髭は、蝶々の羽根のように震え、眉毛は上下し、上唇はぶるぶる動きだした。

「何と言ったんだ?」とさけんだ。

アメリカ人は、笑顔で、コップを、さらにさしあげて、もう一度、

「とんまの馬鹿野郎!……」とさけんだ。

私は、すぐさま、フォークを、わざと落として、それをさもさがすかのように、テーブルのしたにもぐりこんだ。そなえあれば憂いなし……。

食卓についていたものたちは、ヌマン・ベイに、トルコ語で、

「まあ、怒りなさんな。何かのまちがいだろうよ……。この男《ひと》にまちがって教えたらしい」と言った。

私は、そろっと頭を、テーブルのしたからもちあげて、ヌマン・ベイを見た。あいかわらず、眉毛、頬、髭は震えている。しかし、一方では、笑おうと一所懸命。ことさら冷静に苦笑している。

来客たちは、この白《しら》けた空気を何とかしようと、笑いつづけている。アメリカ人も笑ってる。その

白《しら》けた空気は吹きとんだが、いまなお、ヌマン・ベイの毛は、それぞれ、ぶるぶる動いている。だしぬけに、どうしたのか、アメリカ人が、未来の舅に、

「くそっ、この野暮天めっ!……」とさけんだ。

大変うまいことをしてやったりとばかり、しかも、くすくすと、笑ってる。ヌマン・ベイは、水瓶をつかんで、とびあがった。髪の毛は直立したよう、眉毛ははりねずみのはりさながら……。

「まあまあ、ヌマン・ベイ……。トルコの民衆《ひと》はこうなんだ。この男《ひと》に罪はないよ……」

私はまだテーブルのしたにいた。わざと落としたナイフをひろって立ちあがった。

時間は経《た》っていった。今度は、アメリカ人は、コップをヌマン・ベイにさしだして、

「とんまの馬鹿野郎!……」とさけんだ。

この哀れなヌマン・ベイの模様を御覧になるべきでしたよ、まったく。手にしたナイフを、皿に盛ったとりの腿《もも》に突きたてた。その耳さえも、ピクピク動いている。

アメリカ人は、ヌマン・ベイに、ここに書くのも恥ずかしいような悪口雑言を吐きちらすではないか! そのうえ、ヌマン・ベイの母親までまきこんで……。身の危険を感じて、私はまたまたテーブルのしたへもぐりこんだ。ヌマン・ベイの両足は、電流に触れたように、がたがたと震えている。アメリカ人は、大笑いしている。私はそっとテーブルのしたから出た。アメリカ人は、

「僕には、言葉を覚える才能がありましてね。これらは、すぐに覚えましたよ」と言う。

私は、こりゃてっきり、人殺しものだと思い、

「どうもすみません。明朝はやく仕事があるもんで……」と言った。

ほかの客人も、これを待ってたらしく、立ちあがった。

「私どもも、もう失礼しましょう……」と言った。

このアメリカ人は、気がきく青年。帰る時間が来たことをさとった。まず、彼を、戸口から見おくった。戸口で、みんなそれぞれと握手した。いちばんあとに、ヌマン・ベイの手をにぎりながら、笑顔で、

「ぺてん師めっ！……」と言った。

これほどやさしい声で、誰かが「ぺてん師」と言われているのを、聞かれたことはないと思いますよ。

誰ひとり、一言も発しなかった。沈黙。アメリカ人は、うろたえた。英語で、

「あるいは、何か、まちがったことでも言ったんでしょうか?」と訊ねた。

ヌマン・ベイは、

「いや、おっしゃってることは正しいですよ……」と答えた。

「まちがってる」と言えば、自分がぺてん師であることを認めるとともに、未来の婿に、それを証明することになったであろう。

アメリカ人の青年は、舅になるはずのヌマン・ベイの御機嫌をとろうと、また、もう一度、

「ぺてん師めっ！……」と言って、帰って行った。

ヌマン・ベイは、肘かけ椅子にぐったりと坐った。一言もしゃべらなかった。しばらくして、非常に静かに、

「あいつめは、儂《わし》のファイル一式、経歴、性質を全部あげやがった。とうとう、あいつに、娘を、嫁《や》らなきゃならなくなった」と言った。

彼がこんなに静かなのを、見たことはなかった。

翌る日、そのアメリカ人は、ヌマン・ベイの家を訪れることになっていた。しかし、来なかった。約束の時間は、かなり過ぎていた……。気がかりになりだした。ヌマン・ベイは、「儂《わし》の経歴を知ったうえで、娘を娶《と》らないとすると……」と、しょげかえっていた。すると、電話がなった。アメリカ人が警察署から電話してるのだった。話はこうだという。昨日の夜、家から出てタクシーに乗った。タクシーから降りるさい、運転手のご機嫌をとろうと、トルコ語で礼を言った……。

「くそっ、この野暮天めっ！……」

運転手と喧嘩になった。結局、警察沙汰になった。上級警官は、アメリカ人と運転手とを和解させた。アメリカ人は、まさに、警察署から出るさい、上級警官に、教えられたとおりのトルコ語で「さよなら」と言った。それは、ヌマン・ベイに言った、あの「さよなら」だった。上級警官は、さっそく、調書をとって、アメリカ人を拘置所のなかへ押しこんだ。

アメリカ人は、

「僕が何をしたというんです？　何を言ったというんです？　僕の罪状は何です？」と言いつづけ

ていたという。

アメリカ人とヌマン・ベイの娘は結婚した。披露宴の二日あと、アメリカ人は、入院する羽目になった。ことのしだいは、こうだ。

ヌマン・ベイが、女中に腹をたてて、舟形皿を女中に投げつけた。アメリカ人の婿は、女中の一度東北に坐っていたので、皿は、その頭で粉々になった。頭は、さっくりと割れたという。

アメリカ人は、妻をアメリカへ連れて帰った。近ごろヌマン・ベイは、機嫌のいいときには、

「いままではじめて目標に命中させたわい。あれほどの悪口雑言をあびせかけられて、婿めの頭を割ってやらなかったら、怒りに怒って、死んでしまうところだった」と言ってる。

女中に腹をたてたというのは嘘だった。まるで怒ったように振舞って、舟形皿を、女中へ、とて、婿の頭に投げつけたのだという。

親切は善行

副社長の耳にまではいっていた。ハリーム・ベイが会計に、二八〇リラ、穴をあけていたのである。

副社長はびっくり仰天した。ここ一四年間というもの、この会社につとめているハリーム・ベイは、会社のなかでいちばん信用のおける、いちばん勤勉な社員の一人だった。とくに、穴が二八〇リラであったことに、まったく驚いたのだ。ハリーム・ベイは、しようと思えば、たいていのことはできる立場にあった。悪魔に耳をかし、地位を濫用したならば、二八〇リラどころか、二八〇〇リラを猫ばばできるが、それでも、誰にも塵ほども知られなかったであろう。二万八〇〇〇リラが借方に記入されていても、それでも、発覚するのは、ずっとあとになってからであろう。このさい、二八〇リラという額は、ほとんど言うに足らなかったのである。

ハリーム・ベイが会計に二八〇リラ穴をあけていることは、本人には知らされていなかった。本社につとめる二等社員の一人であったが、尊敬されていた。彼は、会計係などのような金銭に直接関わる社員ではなかったが、不足金を、まっとうな赤字として処理したり、予備金から支出させることはできたのである。

副社長は、「多分、穴のあいてるのを知らぬのだろう」と考えて、

「月末の計算で、御本人にもわかるだろう」と言った。

月末の計算で、ハリーム・ベイの開けた穴は、二八〇リラから四二〇リラにふくれあがっていた。翌月は六百リラ、そのまた翌月は八一二リラになった。あるいは、計算に間違いがあったのか?……副社長は、計算を、ほかのものに調べさせた。そう、ほんとに穴があいていたのである。

ハリーム・ベイに、仕事を大変うまくやったというので、千リラ、報奨金が与えられた、その金銭がわたされた翌る日、ハリーム・ベイのあけた穴は埋められた。つまり、会計に穴があいているのを、本人も知ってたのである。

こんなことがあってから一か月あと、ハリーム・ベイの計算に、またまた、穴があきはじめた。月毎に、この額は増えていった。そうつぎつぎに報奨金が与えられるはずはなかった。月俸は、昨年のはじめに上げられたばかりだった。このようなことが続いているさなか、ハリーム・ベイの月俸は、一五〇リラ、上げられた。その増俸から、わずか二か月だけ、会計には何事もなかった。それから、また穴があきはじめた。ハリーム・ベイに、一か月に二百リラで、余分の仕事が与えられた。しかし、しばらくすると、またもや穴が見られた。年初に、会社のほかの社員同様、ハリーム・ベイにも二か月分の月俸がはらわれた。ハリーム・ベイの穴は、埋められた。だが、すこしたつと、またまた、穴

があきだした。

とうとう、副社長は不安になりだした。何年間もともに仕事してきたこの社員を大変可愛がっていた。彼を信頼していた。あるいは、賭博《ばくち》に手をだしたのだろうか？　こっそりと調べさせた。いやいや、ハリーム・ベイは、賭博をしてはいなかった。例によって例のごとく、会社から自宅へ、自宅から会社へ、往復するばかりだった。酒も、月に一度か、年に一度、飲むか飲まないかだった。

さもなきゃ、女にうつつをぬかし、それに金銭《かね》を食らわせてるのだろうか？　そんなことはありえなかった。このての女どもは、月に二、三〇〇リラなど金銭《かね》と思わないものだ。

ハリーム・ベイの配属を変えた。これは、昇進だった。しかし、そこは金銭《かね》とは関係がなかった。そうなると、ハリーム・ベイは今度は、前借りしはじめた。毎月、三百リラ、五百リラと、前借りしていた。

副社長が、ハリーム・ベイの行動を気にしながら見守っていたある日、ハリーム・ベイと直接会うことになった。月俸の増棒をたのむため、副社長室へはいってきたのである。副社長は、親しそうにむかえた。むかいあってコーヒー、煙草をのみながら、ハリーム・ベイをじっとみつめた。いったい何がおこったんだろう、この男に？

「月に何リラ手にはいる？」

ハリーム・ベイは、恥ずかしそうに、

「一二〇〇リラで……」と言った、

副社長は、

「儂《わし》は五千リラだよ。しかも、儂《わし》の家は人数が多くて、六人だ。君のところは何人かね?」

「四人で……。家内、母親、そのうえ、息子がいまして」

「去年の月給は八百リラじゃった。今年、四百リラ増したようだね」

ハリーム・ベイは返事しなかった。副社長はつづけた。

「一四年間というもの、月俸について、君は、文句を言わなかった。気になることがあってね、それで訊ねてるんだ。ちかごろ、多額の出費でも生じたのかね?」

ハリーム・ベイは、

「さようで。新しく出費がでてきまして、私どもの家に……」と答えた。

「何だね?」

「キャヴィアで……」

副社長には、よくわからなかった。

「ええ、何だって?」

「キャヴィアで……」

「キャヴィアだって?」

「はい、さようで……。先月は、一六キロ、キャヴィアを買いました」

副社長は、しばらくハリーム・ベイを、ぽかんと見ていた。ハリーム・ベイは謹厳な男で、冗談なんか言ったことはない。あるいは、この哀れな男は、気でも変になったんじゃないか！

「何だって、ハリーム・ベイ。大きい食料雑貨屋、どんなに大きい調理食料品店だって、月に、一六キロものキャヴィアを売ることはないよ。そんなキャヴィアをどうするんだ？」

「はい、食べますんで、副社長」

「ええっ？　ハリーム・ベイ。月に、一六キロものオリーヴでも食べられん、チーズだって食べられん、砂糖すらたべられやしない……。儂の家じゃぁ、いままでに、一六キロはもちろん、六百グラムだって、キャヴィアを食べたことはない。どうやって食べるんだ？」

「私めは食べません、副社長。舌の上にものせません。家内も食べません。息子も嫌いで。母親が食べるんです」

「訊ねてすまんが、ハリーム・ベイ。母親さんは、何キロあるかね？……」

「お恥ずかしいしだいで、副社長。お恥ずかしいことで……。四四キロというみじめさ……。吹けば飛びそうで……」

「四四キロの母親さんが、月に一六キロものキャヴィアを食べるって？……。儂《わし》にはぜんぜん納得できんが」

「お話ししましょう、副社長。母親は六十七歳で。裕福に暮らしてます。ベシクタシにアパートを持ってて、月に、二四〇〇リラ、家賃をとってます、そこから。アスマアルトゥにかなり大きい商店がありまして、月に一万リラちかい借料がはいります。カドゥキョイ、ファーティフ、アクサライに、それぞれ、借家をもってます」

副社長は、あいた口がふさがらなかった。ハリーム・ベイはつづけた。

「グランドバザール《カパルチャルシュ》に、店が四軒あります。亡父からの寡婦年金があります。現実としては、あれやこれやで、百万リラはいります。銀行預金だけで、四〇万リラあります。宝石、金《きん》などをいれないでも、手元に、数十万リラはもってると思います」

副社長は、びっくり仰天。

「いやぁ、こりゃぁ、何てこった!……」と言った。

ハリーム・ベイは、

「可哀そうな母親……。憐れまずにはいられないんです。哀れにも病気で。ここ一〇年というもの、痩せほそる一方。でぶっちょだったのが、いまじゃ、鳥さながらになってしまいました」

「ヨーロッパへ療養に行かせたら?」

「行きゃしません。私よりほかに頼るものがいないんです。で、私どもから、絶対にはなれようとはしません。私どもは台所以外は二部屋半の小さくて狭いフラットに住んでますが、母親も無理やりはいってきて……。母親は、すこしばかりしまりやでして、金銭《かね》を払うまいと、医者にもかかりません。私が医者へ連れて行くと、『医者に金銭《かね》を払ってる』と、大騒ぎ。私は、『金銭《かね》は払わなかったよ、友達だから』と、嘘をつくんで。すると、『だいたいが、お前の友達なんだろう、「親切は善行」だよ。下の階の婦人は病人。あの女《ひと》も診《み》させなさいよ、善行のために』と言うんです。そこで、医者をよんで、隣りの病人の婦人に連れて行く。連れて行かなきゃ駄目。というのは、連れて行きゃ、母親は、いらいらしない。そう、医者は言うんです。医者のくれた処方箋で処方させ、薬をもって帰ると、大騒ぎ。『まあまあ、お母さん。知りあいの薬屋がいるんで、それに、安くつくらせたんで』と言って、なだめるんです。五〇リラの薬を五〇クルシュで買ったと言うんで。それでも怒る、大変な怒りかた。けど、ぜんぜん怒らぬこともあります……。思いやりがあるんで。薬を安く買うと、『「親切は善行」だよ。ここのお隣りさんに、退職した教員さんがいるでしょ。あの人の薬も、つくらせなさいよ』と言う。私は、困ってるお隣りさんの薬もつくらせはじめるんです。

どの医者も、『栄養のある食品《もの》を買いなさい』と申します。しかし母親は、どうしても食べません。買ってもって帰ると怒ります。食べないといって。空腹のため、怒ると、心底《しんそこ》から、立腹のため死なんばかり。私は、どうしていいかわからないんで。この世に、私めのほかには身寄り頼りはありません。医者たちは、『キャヴィアを食べさせなさい!』と言います。それで、ある夕方、帰宅するとき、キャヴィアを二百グラム買いました。母親は、キャヴィアを見ると大変気分を害して、怒鳴るわ、大声あげるわ。『私たち、いま、どういう身分だと思うの……。キャヴィアが買える暮らしなの?……。お前、こんなことしてたら、おちぶれてしまうわよ!……』

『まあまあ、お母さん。キャヴィア屋の友達があって、そいつから、実費で買ったんで。母さんは心配しないで』と言いました。ちょっとばかり安心して、『幾らで買ったの?』と訊ねました。一キロ、一四〇リラ……。どう言おうか? どう言ったところで、高いことは高い……。『友達は、キャヴィアの卸《おろ》しをしてるんで、安く手にはいるんですよ。私に、実費で、一キロ、二〇リラあたりで売ってくれたんです』

その夜は、あまり腹をたてて、いまにも死にそうな有様でした。急いで医者を呼び、注射してもらって、すこしばかり、おさまりました。

翌る日、帰宅すると、母親が申しました。「キロあたり二〇リラじゃ、安いですよ。話したよ。そしたら、「キロあたり二〇リラじゃ、安いですよ。キャヴィアの卸し屋がお知りあいのようで。私たちにも半キロ買ってもらってくださいよ！」と言うの。「親切は善行」だわ』

キロ当たり一四〇リラのキャヴィアを半キロ買って、一〇リラで隣人にわたしました。それから、また、翌る夕方、母親が、『ヌーリー・ベイ一家も、二五〇グラム欲しいって！』と言いました。それも、買ってきました。安いキャヴィアを欲しがるものが、あとを絶とうとは思えません。一キロ二〇リラのキャヴィアがあることを耳にしたものは、母親のもとへかけつける始末。母親は、夕方になると、いつでも、私の手にリストをおしつけるんで。『半キロ、ファートマ夫人《さん》の家へ、シャズィーメト夫人《さん》に一キロ、ファーティフ・ベイに七五〇グラム……』

両手いっぱいに、キャヴィアの包みをかかえて帰宅してました。一日に二キロ、三キロのキャヴィア。副社長。これで、月給が足りますか？　私は考えました。こりゃぁとてもたまらない。ある夕方、言いました。『お母さん。実費でキャヴィアを買うのは、友達に悪いよ。これから、お隣りさんへは買いませんから』『「親切は善行」だわよ。貧乏な人たちに、キャヴィアを食べさせたげるのよっ！』

『だけど、友達はキャヴィア屋、それで食ってくのだよ。みんなに、実費でキャヴィアを売ってたら、破産してしまうよ』

『いいよ、わかったわよ。お前の友達なんだろ。そんなら、お前からちょっとだけもうけさせたらどう。その人に言いなさいよ、キロ当たり二リラもうけて、二二リラで売らせたら……』

母親には何を言っても駄目。しかも、そんなことはあってはたまらないんですが、万が一にでも、一キロ一四〇リラの値段でキャヴィアを買い、『親切は善行』などといって、隣人に二〇リラ当たりで振りまいてたことが母親にわかりでもしたら、心臓が止まってしまいますよ。私は、どうしたらよいかわかりませんでした。はじめのうちは、カラキョイの調理食料品店で、キャヴィアを買ってました。毎夕、一キロ、二キロ……。店員はびっくりしました。ほかの店でキャヴィアを買いはじめました。ここは、ベイオールの大きな食料雑貨屋でした。あまりたくさんキャヴィアを買ったんで、店員は、『もう品切れです、あなた。明日、もって来させます』と言いました。そこで、食料雑貨屋を変えました。三番目の店では、ある日、『ちかごろ、キャヴィアの値段が、どうしてだか騰《あが》りましてて……』と言われました。それからというもの、二、三日に一度、キャヴィアの値上げがはじまりました。一四〇リラだといってるうちに、一八〇リラ、三五〇リラになったんで。キャヴィア店をつづけさまに変えました。毎夕、別の店からキャヴィアを買ってます。倹約に倹約して貯めた金銭《かね》が数千リラありましたが、それも底をついてしまいました。どうしてよいかわかりませんでした。ある夕方、またべつの店へ行きました。何処ででも三六〇リラするキャヴィアが、そこでは三三〇リラ……。そこから買いはじめました。とうとう、あちこちの注文ごとに、二百グラム、半キロ、一キロと、キャヴィアを包ませてました。その包みをかかえて帰宅するんです。『キャヴィアを一キロ包んでくれ』と言うと、店員は驚きます。ほとんどの店で、一キロ全部、買えるか、買えないかなんで……。ある夕方なんか、注文されたキャヴィアを、二、三軒の店から集めるのがやっとで。とうとう最後に、一軒の食料雑貨屋と親しくなりました。何時でも、その店から買ってます。そこの店員は、グラムごとに、キャヴィアの包みを、まえもってこさえておいて、あらためて量《はか》らないんです。二百グラム、三百グラム、七百グラム、一キロの包みが、ちゃんとできていて、すぐ、私にわたすんです。ある夕方、何時ものように、汽船に乗りました。包みを傍《そば》において、ちょっと見たら、二百グラムの包みのひとつのうえに、鉛筆で電話番号が書かれてます。あれあれ、こりゃどうしたことか……。この電話番号は、前の夕方、汽船のなかで、包みのうえに、私がメモしておいたもの。友達の電話番号でした。まったくわけのわからぬこと……。その包みのうえに、鉛筆でしるしをつけました。

その夕方、母親から、新しいキャヴィア注文表をわたされました。私は、

『お母さん。僕は、毎夕、こんなに多くのキャヴィアを運べませんよ。友達も、キャヴィアが値上りして、もう、二二リラじゃやってけないとこぼしてます』と言いました。母親は、

『「親切は善行」よ！　現に運んでるじゃないの、運んだからって腕が抜けるわけじゃなし……。友達におっしゃいよ、やっていけないなら、いいわよ、二三リラで売らせたら……』と言うんです。

『駄目』と言ったら、怒りだすでしょう。心臓が強いんですから……。

あくる夕方、食料雑貨屋で、手にした注文書を見ながら、『二百グラム、半キロ……』と言うと、店員は、まえもって用意しておいた包みをわたしてくれました。ちょっと見ると、まえの夕方、私がしるしをつけておいた包みではありませんか……。まあ、こういう調子でして……。副社長。このキャヴィアのおかげで、私は、すっかり駄目になってしまいました。キャヴィアは、キロ当たり四百リラに値上りしました。月俸は足らなくなってしまいました。もう、どうしてよいかわからなくなってしまったんで」

副社長は言った。

「いいてがあるよ。母親さんに、友達のキャヴィア卸し屋が破産して、キャヴィア店を閉めたと言うんだな」

「いや、信用しませんよ。副社長……」

「キャヴィア商は死んだと言えばいい」

「いや、信用しませんよ。ときすでに遅しで。と申しますのは、母親は、私が、キロ当たり四百リラでキャヴィアを買ってたことを知ってるんですから。夕方、持って帰ったキャヴィアの包みを開けないまま、翌る日の朝、私がキャヴィアを買った食料雑貨屋へ持ってって、三百リラで売るんです。そのあと、私は、同じ食料雑貨屋からキャヴィアを四百リラで買いなおして、母親に二三リラで売ってるんです。母親は、万事、知ってるんですよ。それを言ったら怒ります。そりゃあ、立派な心臓ですから……」

おじいさん

尊敬すべき御婦人がた、大変尊敬すべき若き御婦人がた、ことのほか大変尊敬すべき麗しき御婦人がた！　皆様がたのお許しが得られれば、貴方がたに、ちょっと申し上げたいことがあります。あの威勢のいい元気な男性たちと話されるとき、ちょっと、そう、ほんのちょっと御注意なさってください。お唇のあいだから洩れるただ一つの言葉が、だれよりも威勢のいい男性を、雷が落ちたオーク材さながらに、地面にたたきつけてしまうものなんですよ。

そう、話は、我がハシェプ・ハシュメトのことなんです。大方のみなさんはお若くいらっしゃるから、この大変古い「ハシェプ」という言葉の意味を御存知ないでしょう。ハシェプに相当するトルコ語は、タフタ（板）とかオドゥン（たきぎ）です。私どもは、彼を、無作法だというのでオドゥン・ハシュメトとは呼ばず、ハシェプ・ハシュメトといっていました。ハシェプ・ハシュメトの方が、言いやすく、やわらかく聞こえます。

私どもの同級生のなかで、いちばん若くみえるのが彼です。私どもは、本当の年齢より十歳は老けてみえるのに、彼は、十歳は若くみえるんです。ちょっと見た人は、ハシェプ・ハシュメトは三十五歳になったかならないかだろうと言います……。しかし、本当は、五十歳になってるんで。背が大変高いので、頭がぶつからぬように、頭をさげないでくぐった戸口は、ほとんどないと言えましょう。戸口の上縁に、頭を何度もぶつけたので、いまじゃ、その恐れが習い性となったらしく、一歩一歩あるくたびに、まるで、ぶつかるのを心配するかのように、一度頭を下げて、それから上げます。このために、彼は、サルラバシュ（こっくり頭）・ハシュメトとも呼ばれます。駱駝の頭さながらに、頭を大きく上下させてあるくんです。

戸口の扉《とびら》のようにまっすぐな背中をしていて、がっしりした身体つき……。外見同様、中身もしっかりしてて、しかも元気のかたまり……。

何時かあるとき、カラキョイ埠頭で汽船に乗りました。係員が、降客の切符を集めるところで、ハシェプ・ハシュメトを見かけました。鉄のてすりに、両手でよりかかり、腰を曲げて、じっとしてます。見まちがえたかと思い、ちかづいて、よく見ました。そう、ハシェプ・ハシュメトにちがいありません……。顔色はまるでまっさお、頬は落ちこんでます。

「ハシュメット！」

苦しそうにうめきました。ちょうど、心臓発作をおこしたかのようでした。腕をかかえて、タクシーに乗り、事務所へ行きました。階段を、とまっては一休みし、膝に手をつきつきのぼるという有様でした。

むかいあって坐りました。

「コーヒーを飲むだろう?」

「薬草茶を……」

あえぎあえぎ咳こんでました。まるで、七十歳をこした老人そのまま……。

「いったい、どうしたんだ、ハシュメト?」

「いやはや、ときすでにおそし、万事休すだ。おいぼれてしまったんだ……」

私は、作り笑いしながら、

「何時《いつ》?」と訊ねました。

「今だ、たった今……。汽船のなかで。とつぜん、おいぼれてしまったんだ」

ゆっくりと、咳をしながら、とぎれとぎれに、こう話しました。

「楽しい日だった。僕は秋が大好きで。朝おそく目をさましたが、ベッドからなかなか起きられなくてね。ここのところ、ずっと、こんなにゆっくり休んだことはなかったんだ。ベッドのなかで、つぎつぎと新聞を読んで、一風呂あびたんだ。ぬるい湯にゆっくりつかってね。朝飯をすまして外へ出た。空はまるで金粉をまいたよう。身体に若さがみなぎってた。手をズボンのポケットにつっこんで、口笛吹き吹き歩いてたんだ。薄茶色になったすずかけの葉が、枝から、一枚一枚と、ひらひら舞っては、アスファルトに落ちている。まあ、何といい日、何と楽しいこと……。とても言いつくせんよ、君。

ちょうど、そうした上機嫌で汽船に乗ったときのこと。うしろの方の、一等席の甲板に坐った。まむかいに若い娘が二人。しかもそこらの娘じゃあない……。彼女らの声を、笑い声を聞いてた。一人は、薄茶色の髪であるうえに、もう一人は、白葡萄のようなそばかすのある薄桃色の肌をしている。活発な活き活きした娘たち。大変活発で、たがいにかわす笑い声が、天にもとどくほどで……。そばかすのある娘の鼻は上をむき、もう一人のは、恰好いい鼻。鼻翼は、話すと、蝶々の羽根みたいに震えるんだ。

どだい、機嫌のいいのは、朝からのこと。しかも、こんな娘たちのまむかいにすわったとあっては、十八歳にでもなったような気持ちだった。きらめき、輝く世界……。まわりに坐ってる連中を見た。多くの青年がいる。年齢《とし》は二〇と三〇とのあいだくらい。だが、何てこった。みんな、疲れきっている……。僕より、ずっと年寄りにみえる。『俺は、こんな若いのよりずっとましだ』とひとりごとを言っていた。僕の目はずっと娘の方ばかり……。薄茶色の髪の娘《こ》の膝がしら……。目は娘たちに釘づけになったまま。胸は高鳴るばかり、ええ、どうだ！

そのうちに、そばかすのあるのが、ハンドバッグから煙草をとりだしてくわえ、もう一本を友達に。それからマッチをさがした、ハンドバッグの中を。ない。友達もさがした。その娘《こ》にもない……。すぐ、ライターをさしだすべきか？……。きっと、話をするきっかけになろう！　そらっ……、そらそら……。なかなか勇気がでないんだ。

『お茶！　お茶を二つ……。ライター、ある？』と大声を出して、そばを通るボーイをよんだ。

ボーイは、

『はい、ただいま……』と答えた。

僕は、受けとったばかりのライターをさしだした。薄茶色の髪の娘《こ》が、すぐさまライターを僕の手からとった。ああ、何てうれしいことか……。今日は、何てしあわせな、何ていい日か。こんなに良い機嫌になったのははじめてだ。血わき、肉おどるとはこのことだろう。

薄茶色の髪の娘《こ》がライターをつけて、まず、友達の、それから、自分の煙草に火をつけた。そして、立ちあがり、ライターを僕にかえすとき、何と、

『どうもありがと、おじいさん！』と言ったんだ」

ハシェプ・ハシュメトは、口をつぐみました。両方のひじをテーブルにつけて、頭を両手でかかえこみ、かなりのあいだ、動かない。

私は、

「それから？」と訊ねました。

私の顔を、ぼんやり見ながら、

「それからかい？……、それから、『どうもありがと、おじいさん！』と言ったんだよ」

その顔に刻まれたしわは、下にむかって流れるかのようでした。

私は、

「ふうん、そのあとでどうなった？」とききました。

「そのあとで、どうなるっ、君！　その娘は僕を、おじいさんといったんだぜ！……」

こぶしでテーブルをたたきつけ、それから、頭を、こぶしのうえに落としました。しばらくして、ふくれっつらをして帰って行きました。

そのうしろから見てました。背中をすっかり前かがみにして、足をひきずりひきずり、やっとのことで歩いているという有様でした。

そのあと、一、二週間もたったでしょうか、ハシェプ・ハシュメトが脳卒中になったとききました。尊敬すべき御婦人がた、大変尊敬すべき若き御婦人がた、ことのほか大変尊敬すべき麗しき御婦人がた！　ちょっとばかり、御注意なさってください。貴女がたは、その美しいお唇のあいだから、つい飛びだす一言によって、誰より威勢のいい男性を、雷が落ちたオークの古樹さながらに、地面にぶちたおしてしまうことがあるんですよ。

恐ろしい夢

イスタンブル放送局の放送が終わった。つまり、一日が過ぎさり、新しい一日がはじまったというわけである。私は、その夜、短篇を二つ、コラムを一つ、それに、ある雑誌のアンケートにたいする答えを書かなければならなかった。朝、皆がこれらを待っているのである。そのほか、その日の郵便できた雑誌三冊を読み、また、一冊の書物に、ちょっとばかり目を通して、調べるはずだった。しかし、こんなに多くの仕事のうち、わずか一つだけしかできなかった。ただ短篇を一つ書いたにとどまったのである。私は、いらいらしていた。

二番目の短篇にとりかかろうと、紙の束を前においた。いまのところ、書くべきテーマがひとつもなかった。思いつくたびに、短篇のテーマをメモしておいたノートの一冊をひらいた。メモのなかから、短篇のテーマを選ぶつもりだった。しかし、どのテーマも気にいらない。テーマの準備がまったくできてない。どれ一つとして、よく熟していないのである。

空腹を感じた。いつも、こうなのだ。メモのなかから、短篇のテーマをどうにも選べないと、腹がへるか、咽喉がかわくか、または、手洗いへ行くのである。つまり、仕事から逃げだす口実ができるというわけ。

満腹になれば、インスピレーションが湧くかもしれない。居間にいった。家じゅうシーンとしている……。みんな、ねむっている。台所へはいった。ピラフは冷《さ》めている……。誰があたためるのだ？　鰯がある、トマト、チーズ、メロン。

テーブルへもどった。前に紙、両手で頭をかかえこんで、考えている。すごいねむ気がおそってきて……。短篇のテーマがうかんでは、消える。「一番いいのは、横になってねむることだ。朝早く起きだして書こう」と考えた。時計に目をやった。三時一〇分前。いつもこうだ、食事をするとねむくなる。

人間、ねむっていても生きてはいる。しかし、こんな生き方が何になる！……生きるということは、生きているのを知ることだ、生きているという意識をもつことだ。

刑務所に、刑を宣告された友人がいた。すっかり刑務所生活に馴れてしまっていて、ねむったかと思うと、何事があろうと、夢を見るのだった。

「夢を見て、生き続けている」と言っていた。

私は、十月のなかごろまで、窓をあけた部屋で、裸で寝ることにしている。その夜、夢を見るだろうと思っていた。気候は涼しい、腹はくちい、締切りまでに書けなくていらいらしているので、怖い夢を見ることになるだろう。

考え考えしているうちにねむりこんでしまったらしい。果たして、夢を見た。この夢が吉兆であるように……。何処か、外国にいるようだった。そこが何処であるかわからないが、アメリカのような、ドイツのような、ある国にいるらしい。私が、アメリカを、ドイツを見たことがあったか？　いやいや……。しかし、じっさいに見た人たちから、多くのことを聞いている。私は、大変美しい、大きい、そして、天井の高いサロンにいる。読者諸氏にもこういうことがあるかどうか知らないが、私は、時々、夢を見ると、夢のなかで、それが夢であることがわかるのである。

夢のなかで、私は、自分のいるところは、「ホワイト・ハウスだろう」と独りごとを言っていた。サロンには、長いテーブルをぐるりと取り囲んだ人たちがいる。彼らに、「ここは何処です？」と、訊ねるわけにはいかない。というのは、私は、ここへ、公式任務を帯びてきたので、「ここは何処です？」などときいたら、「自分の来た場所すら、まだ、わかっていない！」と馬鹿にされるだろうからだ。私自身で事態を解決するより仕方あるまい。

公式会議が開かれている。我国からきているのは、ただ私ひとりで、ほかはみな、堂々として着飾り、姿かたちの立派な外国人である。

なかの一人が、

「よくいらっしゃいました！」と挨拶した。わたしは、

「今日は《こんにち》」と答えた。

「あなたから、お国の事情についてうかがいたいのですが……」と言った。

私は恐怖にかられた。しかし、一方では、「怖がるな。何れにせよ、夢だ、これは」、「夢であれ、何であれ、私の国で聞かれたら！……」、「夢なんだよ……」と独りごとを言った。私は、

「ええ、どうぞ……。知ってることをお話ししましょう」と言った。そのひとは、

「お国は遅れた国ですね、そうでしょう？」

と訊ねた。息をのんだ。さあ困った。さあ、どう答えようか？「ええ、その通りです。私の国は遅れてます」と言えば、「国家の悪口を外国人に言うこと」になって、これは、刑法によれば、重罪である。

「いいえ、そうではありません。私の国は遅れちゃいません。それどころか、進んでさえいます」と答えれば、嘘をつくことになろう。どう答えようか、いま？　ほんとのところを話し、「国家の悪口を外国人に言って」、罪をおかすよりは、嘘をつく方がいい。嘘をついても罰せられないから。

私が躊躇《ちゅうちょ》しているのをみたそのひとは、

「どうして、黙《だま》ってるんです？」と訊いた。私は、

「すみません。御質問の趣旨がわからなかったもんで……」と答えた。

「お国は遅れてますね、そうでしょう？」

私は、

「誰がそう言いました？　誰がそう言ったとしても……、それは間違いです！」と大声をあげた。

「誰もかもそう言ってますよ。我々も、そう聞いてます」

「皆さんがた！　お忘れになっちゃ困りますが、私どもには、大変多くの敵がいます。私どもを味方にできないので、私どもについて、悪意のある宣伝をしてるのです」

この、私の説明に、みんなが驚いた。口をあんぐりさせている。みんな、

「へぇえ！……」と言った。

誰かが言った。

「つまり、我々はまちがった情報をえていたらしい……」

「その通り、まちがってます……」

なかの一人が言った。

「よくわかりますよ。あなたがたは、自尊心の強い人たちです。『遅れた国』と言えば、お腹立ちでしょう。ですから、言い方を変えましょう。『少しだけ進歩した国』と申しましょう。どうですか？」

「いけませんよ。我国は、少しだけ進歩した国ではありません。大変進んだ国です、大変……」

みんな、驚き果てた。おたがいに、耳元でささやきあった。

「電気のない都市がありますか？」

「あります」と答えれば、「国家の悪口を外国人に言うこと」になろう。残念至極……。

「ありませんよ……。ありとあらゆる都市・町、すべての村に、電気がゆきわたってます」

「御立派、御立派、大変いいことだ……」

なかの一人が訊ねた。

「お国では、電気代が大変高いということですが、一キロワット、いくらです?」

「電気の、ですか? あなたに申し上げましょう……。電気一キロワット……、無料です……。電気はただです、私どもでは。電気代を払わなきゃならないなんて……」

「大変いい、大変いいことだ!……」

我国を、外国人にたいして大変良いように紹介したので、愉快だった。少なくとも、私のこの言葉を新聞が書きたててくれたら、私が、我が国のためにどのように宣伝したかを、トルコ人たちが耳にしてくれたら……。

「家賃がとても高いそうですが。住める家が見つからぬそうで。住居不足が大変なようですね。中流階級のひとでも、月給の半分を家賃に払わぬと、住める家が見つからぬようにきいてますが。そうですか?」

胸のなかから、一つの声が、「話せ、ほんとのことを話せ!」と、私をけしかけてやまない。私は、胸中の声に、「それが政府の耳に入ったら、私はみじめな目にあうだろう」と答える。声は、「夢のなかじゃないか、おいっ……。連中は、いま、お前の見てる夢を見ちゃいないよ。お前が言うことを聞かせてやれよ。連中は、いま、ほかの夢を見てるよ。少なくとも、夢のなかであろうと、ほんとのことを話せ!……」と言う。

玉の汗が流れる。額の汗をぬぐいながら笑った。

「フッ、フッ、フッ!……つまり、あなたがたには、我が国を、そのように紹介していやがるということで。私は、何も申しません。私どもの敵よ、いまただちに呪われてしまえ、です。私どもでは、国民の住宅難というような悩みは、絶対、ありません。おわかりですか？　あらゆる文明国とおなじく、国民は、月給の一〇分の一を家賃に払って、まったく申し分のない家に住んでます」

「ほほう、役人たちは？……」

「役人たちは家族の人数によって、広い家に住んでます。我国では、家があまり安いので、人々は、家のことなんかどうでもいいんです」

「家主は、子供のいる家族には、家を貸さぬそうで」

「チッ、チッ、チッ……。誰が言いました、あなたがたに、そんな嘘っぱちを！……店子は、家主の面《つら》を見たことさえありません。どの自治体にも『賃貸委員会』があります。そこへ行って、たとえば、『五部屋の家が欲しいんです。ただし、浴場の壁タイルがブルーなのを望みます。ピンク色でしたら要《い》りません。ピンク色の壁タイルは、家内の神経に触《さ》わりますので』と言うんです」

私は我国を、大変良いように紹介していたのである。

「生活難があるようで。収入の少ないひとは、非常に困ってるそうですね。中流階級は、日ごとに減っているという話で……」

「そら、そら、そら……。何という作りばなしをしてやがったことか、私どもについて……。皆さんがた、まず、あなたたちに、ほんとのところを申し上げたいと思います。我が国民は、生活難ということを、ただ外国の新聞だけで読み、おなじ人間として、外国の方々のために、大変悲しんでいるんです。私どもでは、生活難も、ほかの悩みも、まったくありません。神《アッラー》よ、ほかの悩みを与えたもうな。中流階級について申しますと、中流階級も、大変いい暮らしをしてます。驚くほど。みんな、いい暮らしをおくってます。とくにあなたがたによろしく伝えてほしいとのことです。私にもたせたメッセージのなかで、『どうか、私どもについて作られた嘘を信じないように』と言ってます」

「お国には、失業者がいると言われてます。労働者の生活条件は大変悪く、日給がとても少ないそうで……」

私は、

「まぁ、ちょっと！」と大声をあげた。

「あなたがたは、敗北主義者どもを信じるのですか、それとも、私をですか？」

「もちろん、あなたです」

「それなら、おききください。私どもの国にも、もちろん、労働者はいます……。その労働者たちは……、大変いい暮らしをしています。おわかりですか？ みなさん、労働者たち自身からの苦情は何ひとつありません。他人にたいして、どんな要求があるというんです、いったい！……私どもの労働者たちの受けとる日給を、誰が取るというんです？ 取りません、誰ひとり取りません……。取って、何をしようというんです、何の役にも立ちゃしませんよ……。あなたがたに申しあげますが、私どもの労働者は、飲み食いし、生活をエンジョイしたあとで、日給の残りを貯めておくと、年に、一つの工場が建てられるほどなんで。ただし、建てません。我国の労働者は、十分、満足してますから……」

「いやぁ、これは、これは。何という国なんだ、いったい……」

私が、我国を外国人にどのように紹介したかを、アナトリア通信社が知り、ニュースにしてくれたら……。このべたぼめが、少なくとも、無駄にならなかったら……。

「教育事情はどうですか？　国民の八〇％が文盲だと言われてますが」

「チッ、チッ、チッ……。どうやったら、そんな嘘がつけるんでしょうか、あなた……。つぎからつぎへと嘘がつづくのなら、もう、これくらいにしてほしいものです……。私どもの国では、読み書きできるものがあんまり多いので、とうとう、みんな、読み書きするのにうんざりしてしまったようです。それほどなんで。多くなれば、何をしようというんで……とにかく多いんです……。どうさがしてみても、文盲をみつけることは、とうていできません。私どもでは、読み書きできるものの比率は、三百％です。というのは、一人の人間が、三人分の読み書きができるからです。我国の教授たち、ジャーナリストたち、作家たちでさえ、読めるか、書けるかします。それらのなかに、読みも書きもできるものがそれほど多くないとしても、読めるか、または、書けるものはおります。私どもの国では、学校がたくさんありすぎるので、道路をつくるために、学校を買収しなければならなかったほどです。とりわけ、教師はいっぱいいます……。手を振れば、手が教師に当たるくらいです。私どもでは、教師の数があまり多すぎるので、彼らを、大変軽視し、圧迫し、弾圧し、追放するのですが、それでも、無くすことはできません、根絶することはできません」

「だけど、アメリカから、学校に使うために、バラックをもらったんでは？」

「フッ、そのとおり……。あれは冗談。冗談《ふざけ》たんです。私どもの力を、外国人につよく印象づけぬようにと、私どもには、あたかも学校の建物がないかのように振舞ってるんですよ」

一人が、突然、たちあがって言った。

「いいや、そんなことはぜったいない……。私は、あなたの書かれたものを読みました。新聞に、ひっきりなしに記事をのせ、学校を建てるよう、教師を養成するよう書いておられるではありませんか……」

「あなたも、お信じのようですね？ 私は、それらを、批判のために書いてるんです。私どもの民衆は、きわめて批判的でしてね。万事うまくいっているとでも書こうものなら、すぐ、大変怒るんです。私も、批判的であろうと、とくに、学校がないとか何とか書いてるんです。その方が、新聞がよく売れるというものですからね。あれは、私の、国内向けの情報で、国外向けの情報は、またべつですよ」

「道路が少なく、それらも、こわれてるそうで……」

私は、もう、いやになっていまい、立ちあがって、言った。

「もう結構……。退席します」

「何処へ？ 何処へも行けやしませんよ。夢のなかなんですから」

つまり、彼らも、私が夢のなかにいることを知っていたのである。

「ほうっておいてくださいよっ。退席します」

「何処へ？」

「自分の国へ……」

急いで、ドアへむかって行きました。みんなが、とつぜん、私の方におしかけ、私を部屋の隅におしつけました。

「ほうっておいてくださいよっ！」

「夢のなかなんですよ。何処へも行けやしません」

読者諸氏、どなたも、きっと怖い夢を見られたことがあるであろう。逃げようと思っても逃げられない。足がこわばって動けない。叫ぼうと思っても、声が出ない。私も、まさに、そうなってしまったのである。おしつけられたままだった。うちの一人が、言った。

「訊きたいことが、まだもう一つあるんですが……。お国に、自由がありますか、ありませんか？」

恐怖から、声が出なかった……。私は、

「ヒィ……ヒィ……ヒィ……」と言いだした。

「おっしゃいよ、自由があるんですか？」

胸のなかで、「気にすることはない。いずれにせよ、夢だよ。これは。恐れるな！」と独りごとを言っているが、これが恐れないでいられようか。一方では、胸中で、「多分、ほんとに夢だ」と思っている。

みんな、大声をあげる。

「さあ、おっしゃい、自由がありますか?」

とうとう、声がでた、かれた声が……。

「ありますよ……。非常にあります。いっぱいありますよ」

「自由がありますか?」

「何の自由をお訊ねなんで?」

「出版の自由がありますか?」

「あるってばありますよ……。何でもあります。何についてもあります。出版の自由もあります。非常にあります……。放してくださいよ、私を!……」

「つまり、あらゆる自由があるというわけで?」

胸中から、「夜があけることはたしか……。この怖い夢が、いつまでもつづくことはない。いずれにせよ朝になる。めざめる、このねむりから……」

「出版の自由がありますか?」

「あると言ったじゃないですか……。ありますよ!」

「それなら訊きますが、昔の『出版法』がまだ行われているそうで。なのに、出版の自由があるとは何事ですか?」

解放されるには、飛び去るよりほかにてはない。睡眠中なら飛べる。両腕を、つばさのようにひろげた。だが、体が重い、足が地面にくっついたまま。足が地面からはなれたら、鳥さながらに飛びまわろう、大空で。だが、いっこうに飛べない……。一〇中八九、たくさん食べすぎたからにちがいない、一所懸命やってみたが、それでも、離陸できない。寝るまえに腹いっぱいにしなかったら、いま、鳥のように飛べたものを。

「昔の『出版法』は行われてるんですか、おっしゃいよ！」

「昔の『出版法』がのこってるのを、どうお考えなのですか……って……。適用されてませんよ……。私どもの国には、『征服王』メフメット二世がイスタンブルを占領したさい使った大砲がのこってますが、使われてません。そのようにのこってるからといって、いま、それらの大砲をこわしてしまえというんですか？　古い反民主主義的な法律を、とくに撤廃しないのは、その法律を見ては、かつて私どもがどんな目にあったかを知るためですよ。私どもには、出版の自由も、ほかの自由も、いっぱいあります。はては、こんなにたくさんの自由をどうあつかおうかと、とまどってるほどなんですよ」

「経済事情が悪く、予算も赤字といわれてますが、どうですか？」

「さあ、どう言ったらいいか？」

汗びっしょりである。

「もう、目がさめないものか、もうたくさん、こんな夢は！」と大声あげた。

みんな、

「ほんとのことを言わなきゃ、夢からさめませんよ！」と言った。

ほんとのことを言えば、国家に有害な宣伝になろう……。私は、なんていう目にあっているんだ？

……

「私どもの経済事情は、ご存知のとおりではなく、大変うまくいってます。見るひとの目をくらませるほどです。それくらいうまくいってるんで……。予算はといえば、均衡予算……」

まだ、もっと言うつもりだった。彼らのなかの一人が言った。

「いやぁ、これは、これは！　お国への援助は不要ということですね、それならば……。私どもは、あなたを招きましたが、ほんとのはなし、もし、援助が御必要でしたら、お国に、借款をし、お金も貸そうということだったのです。でも順風満帆、万事うまくいっているのからすると、要するに、我々の援助は、まったく、必要とされてないということですね。じゃあ、さよなら……」

そう言われて、はっとした。

「何ですって？」と大声をあげた。

つまり、私は、外債をうけるために、代表として派遣されていたのだった。

「それなら、何故、私に、前もって、そうおっしゃらなかったんで？　私は、それにあうようにお答えしましょう！……」

「じゃあ、さよなら！……」

怒りから、私は、泣きだした。

外債をこの手にうける機会があったのだ。そこにいるすべてのひとを言いくるめられたのだ。「国家の悪口を外国人に言う」罪をおかすまいとして、その機会をのがしてしまったのだ。

目がさめた。まだ、朝にはなっていなかった。ランプをつけた。テーブルのまえに坐った。夢のなかで、じっさいに、泣いていたのだ。涙をぬぐって、さっそく、この怖い夢を書きだした。まだ、夜は明けないのか？　何とこの夜の長かったことか……。

〈附〉アズィズ・ネスィン、半生を語る（一九八七年）

アズィズ・ネスィンは、一九一六年、イスタンブルで生まれた。クレリ陸軍幼年学校をへて、一九三七年、陸軍士官学校を卒業した。士官のとき、一時、芸術大学東洋芸術学科の聴講生となったが、地方に派遣されたので、聴講を中止せざるをえなくなった。一九四四年、退役したアズィズ・ネスィンは、今日までに八二冊の書物を出版した。そして、とくにユーモア文学の分野で、国際的な名声をかち得、その著作は多くの外国語に翻訳された。アズィズ・ネスィンは、これらのほかに多くの戯曲、論文、小説を執筆した。ネスィンは三回結婚し、四人の子供の父親で、英語に堪能である。

（「日曜閑話」『ヒュッリエット』紙、一九八七・三・一掲載）

■作家になるまで

ネスィンさん。あなたは、我国だけでなく、全世界で知られたトルコの作家です。あなたの書物・論文を、我々みなが読みました。それらを読んでいると、ときには笑わせられ、ときには深刻に考えさせられました。私の聞いているところでは、あなたは、年少のころ、『コーラン』を全部暗記され、『コーラン』の暗誦者《ハーフズ》になられたそうで。そのころ『コーラン』を暗記していたあなたが、どのようにして、今日のアズィズ・ネスィンになられたんですか。

——はい、僕のうけた教育は、そのとおりです。父は大変信仰心の篤いひとでした。真のイスラム教徒でした。

まず、つぎのことをお訊ねしたいのですが……。あなたも信仰心が篤いんですか？

——いやいや。僕は無宗教です。しかも、無神論者です。

神《アッラー》を信じておられないのですか。

――そうです。信じてはいません。けれど、もちろん最初は宗教の教育をうけました。すでに小学校へはいるまえから、アラビア語を学び、『コーラン』を暗記しはじめました。小学校へは、三年生からはいりました。そのときには、暗誦者《ハーフズ》になってました。だけどいまは覚えていません。大部分は忘れてしまいました。長いあいだ、宗教の影響をうけたことはもちろんですが……。

それなら、イスラム教を信じてるひとたちを、どうお考えなんで……。つまり、彼らを軽蔑しておられますか、あるいは、あなたは信じておられないにせよ、彼らに敬意を感じておられますか?

――僕は、ただムスリムにたいしてでなく、宗教心の篤いひとすべてに、敬意を感じてます。もし、彼らが本心から信じてるなら、どのひとも尊敬するに値します。僕の無宗教は、宗教に反対するという意味じゃないんです。それは、僕自身に独特のものです。

ネスィンさん。あなたを、とくに、トルコの右翼周辺は、「共産主義者」とみています。いやさらに、ときには、あなたは売国奴としてさえ糾弾されたこともあります。あなたはどのようにして共産主義者の刻印をおされたのですか。たとえば、あなたの共産主義的ともいえるような傾向は、士官学校などにおられるときから、すでにきざしていたのですか?

――いや、そうではありません。士官学校時代には、関係していませんでした。ただ、僕の関係記録を、僕が裁かれた法廷、とくに軍事法廷で、しばしば提出するよう要求されました。最後に、この「作家組合」訴訟で、判事はまたもや僕の関係記録を提出するよう求めたようです。しかも、一八人の被告のうちで、ただ、僕のだけを。そのあと通知が来て、僕の関係書類は、誤ってパルプ工場へ持って行かれたということです。そのために、法廷へ提出できなかったのです。

パルプにするために、パルプ工場へ持って行かれたのですか。

——そうです。多分、まちがって運ばれてしまったのでしょう。そして、パルプ工場でパルプにされてしまったようです（大笑い）。僕の関係書類が法廷へ提出されなかったのは、こうした理由からです。けれどその間、大変興味ぶかいことがありました。かつて、一九八〇年クーデターを指導したケナン・エヴレン大統領が新聞記者のナーディル・ナーディと会談中、ある書類の束をとりだしたそうです。僕の書類です。つまり、僕の関係書類のコピーがケナン・エヴレンのもとへとどけられ、べつのコピーが、誤ってパルプ工場へ持ちさられたらしいのです。いま、僕はこの紙上をかりて、エヴレン、および大統領府事務局にお願いします。僕の関係書類を、どうか公表していただきたいのです。というのは、僕が話そうと思っていながら今日まで話せなかったことがいくつか、その書類のなかにしるされているからです。それらが公表されることを望むしだいです。とにかく、僕は、「このように来た、このようには行かぬ」と題するシリーズで、自叙伝を書きはじめました。だけど、僕の関係書類が紛失してしまったなどとはお考えにならないように。僕の関係書類は、エヴレンの手もとにあります。ファイルにとじられてるんです。ナーディル・ナーディに見せたようです。

士官を、何年に退かれたのですか。しかも、何か事件があっての退役とお聞きしていますが。そうではありませんか？

――そうです。事件をおこしたので退役したんです。一九四四年に、任務・地位・職権を濫用したというかどで起訴されて、退役しました。

ほんとうにそんなことがあったのですか。それとも、陰謀か何かたくらんだんですか?

――いや、いや。じっさいに、そんなことがあったんです。

つまり、地位・職権を濫用されたということで?

――そうです。地位・職権を濫用したんです。兵隊たちに賜暇を与えたんです。話せば長いことながら、ごく簡単にお話ししましょう。そのころ、第二次世界大戦がつづいていて、兵隊に賜暇を与えるのは禁止されてました。僕の部下に、四十歳になるアリー・ルザーという兵隊がいました。まえに、人を殺して刑務所にはいり、それから出獄したという話でした。家族と面会するため、つねに賜暇を要求していました。僕はとうとう根負けして、その男に一五日間の賜暇を与えましたが、賜暇を与えるのは禁じられてましたから、僕は職権を濫用したわけです。そののち、その男は二か月間帰隊しませんでした。僕は、賜暇を与えたことがわからぬようにとて、点呼のさい、彼がいるようにつくろいました。つまり、一人にたいする割当て食糧などが、二か月分余ったわけです。こうなっても、兵隊への食糧割当てが、僕の責任であったことはもちろんです。これに似たような事態はほかにもいくつかおこって、僕は退役しました。これらのことは、「このように来た、このようには行かぬ」シリーズのなかで、くわしく書くつもりでいます。

■作品は少なくとも四回書き直す

あなたは、作家生活に、どのようにして入られたのですか？

——僕は小さいときから、アマチュアとして、ものを書きはじめました。僕は、二つのことを考えてました。画家、または作家になることです。そもそも僕の家庭は貧乏で、ただ宗教に関してだけ教育をうけさせてくれた家庭でした。僕の家庭で、それ以上の教育はありえませんでした。画家になれなかったので、作家になったんです。僕はいつでも書いてました。詩を書いてました。戯曲を書いてました。自分なりの小説も書いてました。兵隊についても書いてました。軍事学校学生でいるとき、いや、兵役に服しているときでさえ、詩とか何かを書くのは大変な恥でした。それは、もう大変な恥でして、現在、同性愛のものたちを軽蔑するひとがありますが、兵役中に詩作するものは、それと同じような軽蔑の眼で見られていたものです。そのため、僕は自分がものかきであることを明らかにできませんでした。僕の本名は、メフメット・ヌスラットです。士官に昇進してからも、自分の書くものに本名を使いませんでした。本名を使ったら、軽蔑されたことでしょう。当時はそんな状態でした。

現在はどうなっているか、わかりませんが。

そこで、アズィズ・ネスィンという名前を使いはじめられたというわけで？

——そうです。アズィズというのは、僕の父の名前です。アズィズ・ネスィンという名前を使いだしたのは、そのためです。僕は士官生活をやめ、出版界へはいり、僕の文章が出版されはじめました。出版にかかわるようになってまもなくセダト・スィマーヴィのもとへ行きました。彼は、僕を「アズィズ・ベイ」と呼びました。こうして、これが、僕の名前になってしまったのです。

つまり、『ヒュッリエット（自由）』紙の創設者、セダト・スィマーヴィが、ある意味で、あなたの名づけ親になったというわけですね。それなら、国勢調査用紙には、どう書かれるので？

――メフメット・ヌスラット・ネスィンです。わたしの姓は、本当にネスィンなんです〔訳注 ネスィンは「お前はなにものか？」の意〕。

今日までに、本を何冊書かれましたか？

――八二冊書きました。最初の本は、一九五五年に出版されました。

それらは、どのくらい売れましたか？

――だいたい、四百万冊です。

大変な数ですね。今後、トルコで、一人の作家で、これ程たくさん売れる人はあらわれないでしょう。それなら、本をどのようにして書かれるのですか？

――紙に、アラビア文字で書きます。

新しいタイプライターは、使われないんですか？

――使います。しかし、それはあとで使うのです。まず、紙の上にアラビア文字で手書きします。それから、それを推敲して、べつの紙にまた、アラビア文字で書きます。そのあとで、タイプライターで書き、ついでそれをもう一度、タイプライターで書きなおすんです。つまり、少なくとも四回書くわけです。

一つのことを、少なくとも四回も書くのは、あなたのようにすぐれた作家としては、多すぎはしませんか?

——そのとおりです。僕は、もともと、一般に考えられているのとは反対に、大変苦労しながら書いてるんです。つまり、僕は、ものを容易に書き流せないたちなんです。だけど、手があいているときには、いつでも書いているので、僕の書くものが自然と多くなるのです。しかし僕は、誰にでも容易にわかるように書いてます。だから、人びとは、僕の書きかたと、書いた結果とを混同してるんです。つまり、一つの作品が容易に理解できることは、その作品が苦労しないで容易に書かれたことをしめすものではありません。まったく反対です。もし、一篇の作品が、わかりやすく読めるならば、それは、作家が、その作品なり本なりを書きあげるのに、大変苦労したことを意味するんです。僕も、じっさい、大変苦労します。たとえば、ここに一篇の短篇があります。僕はこの短篇の構想を、一九六五年にたてました。しかし、それを書きあげたのは、わずか一週間まえのことなんです。さらに小説となると、五、六回は書きなおします。戯曲の場合、一五回も二〇回も書きなおしたことがあります。つまり、僕は、ふつう考えられているのとは逆に、非常に苦労して書く作家なんです。僕は昨日ちょっとしたものを書きましたが、それは三回目でしたし、まだタイプライターでは書いてません。もしそうしたら、四回書いたことになるでしょう。

わかりました。あなたには、アラビア文字で書く方が容易なのですか? 好んでアラビア文字で書かれるのは、どうしてですか?

――第一に、馴れているからです。第二に、一九五〇年このかた、手が震えるためです。これは、心理的なものですがね。僕は、多く書きすぎると、手が言うことをきかないんです。

書くまいとして、言うことをきかないんですか？

――そうです。書くまいとして、言うことをきかないんです。これは、一九五〇年に刑務所にいるとき、はじまりました。それ以来、これに悩んでます。そのために、ボールペンでは駄目で、やわらかいペンでしか書けません。心理的なものですが、まったくどうしようもないのです。だから僕はもともと字が大変上手なんですが、いまは非常に下手です。書いてから一年たつと、自分でも読めないほど下手なんです。アラビア文字で書く方が僕にとって容易なのは、このためです。

ところで、あなたは執筆するまでに、本の構想、テーマを、頭のなかで、長いあいだあたためておられるのですか？

――そうです。たしかにそのとおりです。だから、僕の本、短篇、論文は、どれもこれも、出版されるまで、一〇年、一五年とかかっています。短期間に書いたものは一つもありません。書くものが、まず、頭のなかでしだいにできあがり、あたためられます。それを執筆するまでに、何年か過ぎてゆきます。ですから、僕が死んだら、そののち書かれるはずだったものが、何百、何千と、そのままになってしまうでしょう。それらの構想、大筋は、僕の頭のなかにあります。ノート類は整理してありますが。

しかし、それではあなたがなくなったのち、それらを誰が本にするのですか？

――いやいや、誰ひとりとして書けないでしょう。

■作家とは、搾取しない仕事

今日までに、本や論文から、どのくらい、金銭を得られましたか？　つまり、お金持ちになられましたか？　または、もしお望みなら、お金持ちになることができましたか？

――もし僕が望んでたら、当然、大金持ちになってたでしょう。御存知のように、僕は身寄りのない子供たちのための「ネスィン財団」を創設しました。この財団よりほかに、僕の財産はありません。全部、妻と子供たちとに分け与えてしまいました。財団の財産は、いま、一〇億リラをこえています。僕が金銭が欲しいと思ったら、少なくとも土地を買って売ってたら、今日、少なくとも僕の手元に百億リラは残ることでしょう。だけど、いまのところ、僕にはいささかの金銭もありません。週ごとに手にはいる金銭で、財団に収容している二一人の子供と八人の職員、全部で三〇人が暮らしてるんです。

では、その金銭は、何処からはいってくるんですか？　あるきまった出版社と共同して仕事しておられるんですか？

――「アダム出版社」と契約していて、そこから収入を得ています。そのほかに、いろいろなところに文章を書いてます。それらから、僕は年に二五〇〇万リラほど得ています。

ときには、無償でものを書かれたことがありますか？　もしくは、書かれるたびごとに原稿料をとられますか？

――いや。学芸誌に書いてますが、そうしたものからはもらいません。つまり、芸術関係の雑誌からはとらぬことにしてます。

ネスィンさん。作家生活を通じて、ひどく搾取されたことがありますか？　つまり、我国で、作家たちは、ひどく搾取されてますか？

――もちろんです。作家も労働者である以上、原則的には、搾取されるものです。ただし、今日の、トルコの労働者の問題は、搾取されることでなく、搾取されないことです。

おっしゃる意味がわかりかねますが。

――何故ならば、トルコの労働者は、今日、搾取される必要があるからです。もし、あるひとが無職ならば、そのひとは、搾取されるのを待ってるのです。もし、労働者として働くならば、搾取されるのはたしかです。しかし、失業がこれほど多い環境では、彼らを搾取することは不可能です。無職の、労働しないひとを、どうして搾取するというのですか？　トルコで、労働者として搾取されるようになれば、そののちに、第二段階がはじまります。そのひとは、「僕は、何故、搾取されるのだろうか」と考えはじめるでしょう。つまり、ただ、労働するひとだけが搾取されるのです。ただし、僕は生涯を通じて、「自分は搾取されている」と不平を言ったことは、まったくありません。ただ、搾取されないときにだけ、文句を言います。つまり、無職のとき、ものを書けない時期にだけ、文句を言います。もともと、搾取という問題は、作家たちの、古典的・伝統的な不平のたねです。悪いのは、この問題では、彼ら自身なんです。彼らは出かけて、酒場で飲みます。喫茶店に腰をおろして、夕方まで駄弁ります。それから、何かを書いて、安い原稿料で売ったとき、文句を言うのです。しかし、本当は、腰をおろして、飲んでるものの方が、より多くの金銭を得てるんです。

私は、何処かで読んだ記憶があります。たしか、デミルタシュ・ジェイフンの本でだったと思いますが……。あなたは、「いちばん合法的な金銭は、作家が得る金銭だ」とおっしゃってますが、本当にそうなんですか？

——そうです。作家生活には、二種類の困難があります。第一は、機械的《メカニカル》な困難、第二は、作家生活に固有の困難です。技術的な困難は、誰でも理解できるでしょう。ペンを手にとります。まず、ペンで点を書きます。それから、その点を線にします。その線を文字にします。文字をならべて単語に、単語を文章に、そして、文章をパラグラフにします。こうして、しだいに長くしてゆきます。これは、どれほど困難なことでしょうか。このことは、手紙を書くひとですら知ってます。いま、このようにして、小説・短篇などを書いてゆくのです。本来、作家であることは、奇蹟のようなものです。空中から声を集めるようにして、多くの単語を見つけだし、ひとの関心・興味をひく事件をつくりだしてゆくのです。そのさい、援助してくれるものは一人もいません。いや、援助してくれるとみなされるひとは、作家に害になるのです。細君が害になります。愛人が害になります。友人が害になります。つまり、これは、お産のときの女性の孤独に、死ぬときの人間の孤独に似ています、ある意味では。作品を書くということは、この世でいちばん尊重される仕事です。作家が得る金銭は、この世でもっとも合法的な利益です。何故ならば、作家は、何かを執筆するさい、誰をも搾取しないからです。せいぜい、自分自身を搾取する程度です。というのは、書きあげた作品に、自分の頭脳を、自分の血液を、自分の生命を、自分の全精力を、そそぐからです。僕がここで言っているのが、真の、そして、尊敬すべき、立派な作家についてであることは、もちろんです。政府の機密費から金銭をもらうもの、一方では商売をしていて、他方では、自分自身または金持ち連中の利益のためにものを書いている作家たちについて言っているのではありません。

■恋愛するのは普通の現象

あなたの厖大な量の作品のなかで、御自身がいちばん気にいっておられる本はどれですか?

——それは、大変ずるい質問です。その質問に、僕もずるいお答えをいたしましょう。いちばん高価な本がどれであれ、僕は、それが気にいってます(大笑い)。つまり、「どなたでも、もっとも高価な本を買ってください」と言っておきましょう。正直なところ、僕の本におさめられたすべての短篇が気にいっているとは申せません。だけど、どの本のなかにも、気にいった短篇がいくつかあります。どれということは、はっきり言えませんが、『スールナーメ』という本があります。それが大変気にいっています。

いちばん高価な本がそれなのですか(大笑い)。

——いや、そうではありません。僕の自叙伝のふくまれている本だからです。『七十歳よ、今日は』という本があります。それが、ちょっとですが他より気にいってます。けれど、ほかのものが気にいっていないわけではありません。

いままでに、書こうと思っていながら、書けなかったものがありますか?

――暇がないために、それはそれは、たくさんのことを書けませんでした。書けなかった戯曲が四〇篇ほどあります。書けなかった評論もあります。いま、自叙伝を執筆しはじめました。これは、一〇巻になるだろうと思ってます。死ななければ、それを完成するつもりです。

ネスィンさん。あなたは七十二歳におなりです。うかがったところでは、あなたは、しばしば、恋愛されているという話です。とりわけ、若い女性と恋愛されているとききました。これは本当ですか?

――それは普通のことではありませんか?(大笑い)僕によれば、ごく普通のことですよ、それは。ちょうど「ああ、君も呼吸《いき》をしている、食物を食べている」というようなものです。もし、あるひとが元気に生きているならば、何歳になっても、恋愛するのはごく普通の現象です。

しばしば恋愛されるんで?

――はい、しばしばです。もし、僕が恋をした婦人《ひと》が僕から去るならば、そのとき、僕は、生気がなくなり、非常に退屈します。恋愛することは、人間に生気、生きる喜びと情熱とを与えるものです。だから、誰でも恋してると思いますが、多分、それを、恥ずかしいことのように隠してるのでしょう。

あなたの恋愛の相手は、だいたい、何歳くらいですか。

――僕が年とってるため、若い女性に恋する方がいいんです(大笑い)。だいたい、四十歳より下です。四十歳より上の女性とは恋愛しません。

二十歳くらいの女性もいますか。

——もちろん、いますとも。いて、どうしていけないんですか？

そうした女性たちのあなたにたいする態度はどうですか？

——僕が自分の年齢《とし》のことを考えるのは当然です。つまり、そうしなければ、烏滸《おこ》の沙汰です。もし、七十歳のひとが、自分が四十歳であるかのように考えれば、おろかなことです。人間は、その生き方を、自分の年齢《とし》を考えながら決めてゆかねばなりません。僕は、そのように生活し、楽しんでいます。万人がこのように生活できたら、これほどいいことはないでしょう。

あなたは、執筆された本によって、何百万人かのひとにエスプリを与え、彼らを笑わせました。私生活では如何ですか。つまり、書かれたもののように陽気で、エスプリに満ち、笑顔で……。

——いいえ。だいたい、僕はいつも仕事をしていて、僕に笑ってる暇はありませんよ。僕は、私生活では、よく笑い、笑わせる人間ではありません。ただ、作品のなかでだけ、笑わせようとつとめているんです。そのように陽気とか何とかいう人間ではありません。どちらかといえば、しかつめらしい人間です。しかつめらしいけれども、たしかに、ディスコへ行き、ダンスをし、飲み、楽しみますが、そうした、どのような集まりででも、人びとを笑わせる人間などではありません。

つまり、ディスコなんかへ行ってダンスなさるんですか？

——もちろんです。どうして行かないことがありましょうか？　とくに、そばに恋人がいたら、そして、彼女が行きたいと望むなら、どうして行かないことがありましょうか？

あなたは、いま、独身でいらっしゃいます。結婚をお考えですか？

——いや、考えてません。結婚するのは馬鹿げたことです。しかし、人間は、ときとして、馬鹿げたことをするものです。「それをしない」という意味ではありませんが、考えてはいません。僕は、自分の生活を、普通に生きてゆこうと望んでます。

■政治とのかかわり

ネスィンさん。あなたは共産主義者ですか？

——あるひとが共産党員でなければ、彼を共産主義者とは呼びません。左翼、あるいはマルクス主義者とは呼べるでしょう。だけど、僕は、共産党員になったことはまったくありません。だから、僕は、共産主義者ではありません。

ですが、あなたは、いくつかの公文書や関係書類では、「登録された共産主義者」とされています。これは、どうしてですか？

——トルコで、僕が共産主義者として登録されている理由は、大変興味ぶかいものです。それをお話ししましょう。フランスにジョルジュ・ポリツェルという教授がいました。彼が民衆大学で行った講義が本になって出版されました。僕は一九五〇年に、『新しく最初から』という雑誌を出してました。その本の内容を、この雑誌に連載しようと思い、フランス語を知っている一友人に翻訳させました。しかし、雑誌では、ただその序文だけが出版されました。そこで、当局は僕を逮捕し、「お前がこれを翻訳したんだ」といって、共産主義者として刑を宣告しました。僕は大声をあげてさけびました。「僕はフランス語を知らない」とね。フランス語を知らない人間が、どうして翻訳できましょうか? そうではなかったのに、僕は自分が翻訳しなかった著作のために、刑の宣告をうけたのです。そして、当然のことながら、刑の宣告をうければ、僕は、欲すると欲せざるとにかかわらず、共産主義者にならざるをえなくなってしまったんです(大笑いの連続……)。つまり僕はいま、トルコ政府によって、「登録された共産主義者」とされています。その著作を翻訳したのは、ガニーという友人でした。僕は、その名前を、当時は明かしませんでした。というのは、彼は貧乏で、しかも結婚しようとしていたからです。もし、その名前を明かせば、彼の生活は変わってしまったことでしょう。だけどいま、僕がそれを明らかにするのは、そののち、彼の生活そのものが変わってしまったためです。彼は極端な保守主義者、いまわしい人間になってしまいました。

それならば、そうした共産主義者というような好ましくない事態のため、あなたは何回、刑務所へはいられましたか?

——僕が刑の宣告をうけた回数は、ごくわずかです。告訴されたうちの多くは、無罪になりました。今日までに僕が執筆した著作のために、じっさいに刑の宣告をうけたのは、ほとんどないといっていいでしょう。というのは、僕はトルコ刑法の、自分に関係のある条項を、警察官、検察官、裁判官よりも、はるかによく知っているからです。ですが、自分自身が執筆しなかった著作そのほかのために、間接的に、刑の宣告をうけたことはあります。面白いのは、さきほど言及した本が、そののち、序文をもふくめて、トルコで出版され、重版されたのに、審問さえ行われなかったことです。

では、全部あわせて、何年間、刑務所ぐらしをされましたか？

——全部で、五年六か月です。だけど、拘留されたのは大変多く、その回数は覚えていません。最近では、三月のすえごろに拘留されました。そののち、何回も裁判をうけましたが、拘留はされませんでした。

あなたは、トルコ国営ラジオテレビ局（TRT）の番組に出るのを禁止されてます。そうじゃありませんか？　多くの芸術家ぶった人間、多くの大ぼら吹きが、テレビに出演してるのに、この国が育てあげたアズィズ・ネスィンにたいして、TRTは、どうして、門戸を閉ざしているのですか？

——禁止されてるかどうかは知りませんが、僕にはまったく関心がありません。多分、連中も僕には関心がないのでしょう。だいたい、TRTが我々をテレビなんかに「出演させない」のは当然です。これは、ただ、アズィズ・ネスィン一人のことだけではありません。トルコには、大変すぐれた人びとがいます、非常に興味ぶかい事件がおこります。これらのうち、どれ一つとして、TRTの番組でみられたことはありません。ほら、トルコの何人かの有力者の人相を、ちょっと御覧なさい。ひとが読んだ本、聴いた音楽なんかは、顔に反映するものです。田舎言葉で話すひとでも、本を読んでるうちに、その顔は美しくなるものです。いま、僕は、さきに言った人たちを、ちょっと思い浮かべてみましょう。髭の剃り方から、靴の、髭のかたちまで、話す言葉から、主張する意見まで、まったく驚くばかりです。こんな連中が、アズィズ・ネスィンを、どうしてテレビに出演させましょうや？　だから、連中は、僕のことをよく知りません、僕も、連中のことをよく知りません（大笑いの連続）。つまり、まえにのべた人相の醜さなんかは、大した問題じゃありません。だけど、「ものを読まぬこと」からくる醜さは、大変重要です。さきの連中には、それが見られます。けれども、本を読むことは、非常に醜いひとでも、その顔を美しくするんです。残念ながら、連中にはその美しさが見られません。今日、髭をたくわえたひとが、多く政権の座にあります。ねずみを飲みこんだが、その尻尾が、髭のところにあるような……。こうした人びとを、むかしは、「ねずみ飲み」と称したものです。こんな人びとと同じバスで旅をしたら、僕は不愉快になるでしょう。しかし、こういう連中が、今日、トルコを支配してるんです。正直いって、僕はこれが大変不愉快なんです。僕に権限が与えられたら、連中の家を襲って、家に本を持ってないもの、本を読まないものを、刑務所へほうりこんでやります。だが、連中が、本を読むものを刑務所へいれているのが現状です。

今日（一九八七年）、もし、どちらが好ましいかといわれれば、あなたは、正道党のスレイマン・デミレルと祖国党のトゥルグット・オザルのどちらが政権をにぎることを望まれますか？

——駱駝《らくだ》に、「下り坂が好きか、それとも、上り坂か？」と訊ねたら、「平坦なところがないか？」と答えたそうです。つまり、僕は両方とも望みません。だけど、デミレルの方が魅力があり、好ましく、そして、当然、今日の閣僚より、一段うえの人間です。経験も豊富です。

オザルにくらべれば、一段うえということで？

——二人のあいだには、ちがいがあります。というのも、デミレルからは、だまされましたが、オザルには、まだだまされたことはありませんから。オザルからも、おそらく、教訓を学びとることになるでしょうが、まだ、だまされたことはありませんので、我々は彼から教訓を、完全に学びとったとは言えません。もちろん、みんな、彼らにだまされだまされ、そのうち教訓を学びとることでしょう。彼らは、教訓を学びとられるまえに、というわけで、国民をだましてるんです(大笑いの連続)。もっとも大きいまちがいは、すべてのものが、自分は国家をおさめられると思いこんでいることです。一九六〇年の五月二十七日クーデターののち、僕は、「国民統一委員会」の委員、アフメット・ユルドゥズ少佐と一緒に仕事していました。ある日彼は、「自分はいま、少佐として国家をおさめている。いま、どの少佐もみんな国家をおさめられると思いこんでいる。何とか手をうとう」と言いました。その手というのは、いちばんすぐれた二万人の将校を退役にすることでした。今日、オザルが国家をおさめはじめると、オザル程度の人間が、みんな、自分も国家をおさめられると思いこんでいます。トルコとして、もっとも大きい問題は、このことです。このグラフを、ちょっと見てください。共和国時代での首相たちのグラフは、すべて下降線をたどっています。元来、このグラフは、上昇線をたどるべきものです。つまり、トルコが発展しているのなら、どうしても、上昇してゆかねばなりません。

■浪費はしない

ネスィンさん。あなたと朝まで話しても、きりがないと思いますが、紙面がかぎられています。そこで、話題を変えます。あなたは、大変けちんぼうであるといわれています。どうしてですか?

――それは、僕が「作家組合」の委員長であったときに、自身が行ったことからきているんです。この組合は非常に貧乏でした。しかも、組合のやるべき仕事は大変多かったのです。組合の紙を使うな、浪費をするなと、友人たちに言い、自分が吝嗇《けち》の見本をしめしました。もし、ひとの気にいることを言ったのなら、評判にはならなかったでしょう。だが、気にいらぬことを言ったので、ひとの口の端《は》にのぼるようになりました。けれども、いま、見ていますと、組合の友人たちは、この点では、僕をすら追いぬきました。僕は、浪費は、けっしてしません。

つまり、どんな浪費にも反対というわけで……。

――どんな浪費にも反対です。紙は、表を裏との両面を使います。裏面に書いてしまったあと、屑籠にすてることはしません。僕の財団に収容されている子供たちは、一方のポケットにハンカチ、他方のポケットにこの紙をいれてます。鼻汁《はな》を、まず、この紙で拭いて、それから、ハンカチを使うんです。この紙を、まだ、すてません。鼻汁を拭いた紙を、燃料に使うわけです。

しかも、紙のうちには、紙吹雪用の紙片として使われるものもあるようで……。

――それは、こうです。穴あけ器で紙に穴をあけてファイルするとき、小さくて円い紙片ができます。それらを集めて、紙袋にしまっておくんです。

そうした紙片をどうされるんですか?

――もちろん紙吹雪に使います(大笑い)。たとえば、僕は使用ずみのマッチ軸すらすてません。財団の子供たちは、それらを玩具《おもちゃ》にして、想像力を養っています。子供たちに、三角形、四角形、さらには、塔なんかをつくらせています。子供たちは、こうして器用になってゆきます。このようにして育った子供たちは、皿などをあまり割りません。だいたい、僕の財団は大変貧困ですから……。僕がそれらを集めてると、人びとは、それらが何の役にたつのか、ちっとも考えてくれません。そして、僕を「けちんぼう」と呼ぶのです。

食卓の食べ残しのパンをも、そのあとキョフテ（肉団子）に混ぜるために使っておられるとききましたが……。

——いやいや、そんなことはありません。子供たちを、食べられるだけの量を取るように、自分の皿に何ひとつ残らぬように、しつけています。僕の財団は、消費団体ではありません。僕たちは、労働を尊敬しなければならないんです。

私生活でも、節約にいつも注意されますか？

——つねに注意しています。だけど、金銭を使うときには、あまり気にすることなく使います。あまり行きませんが、カジノや酒場なんかへ行ったとき、勘定書を見て、給仕人に、「これは何だ、それは何だ」などと問いただしません。それは馬鹿げたことです。そんなところへ行ったときは、だまされるのを覚悟のうえで、金銭を使うことです。だまされるのに馴れるか、さもなければ、まったく行かないことです。女友達と一緒に行って、倹約することや、友人に援助するさい倹約することなどは、僕にはぜんぜんありません。

■世界の要人から訴訟を起こされる

ネスィンさん。あなたは、かつて、エヴレン大統領から損害賠償訴訟をおこされました。私の記憶がまちがってなければ、そののち、この訴訟は却下されました。そういえばエリザベス女王も、かつて、あなたを相手どって訴訟をおこしたのですよね?

——この事件は、大変興味ぶかいものです。あなたにお話ししましょう。僕は今日まで、誰にたいしても訴訟をおこしたことはありません。けれども、誰もかも、僕を相手どって訴訟をおこしました。世界史上はじめて、僕の身の上におこった一つの事件があります。イランの王《シャー》のレザー・パフラヴィー、エジプト国王のファールク、そして、エリザベス女王——この三人が、同時に、僕にたいして訴訟をおこしたのです。彼らのおかげで、僕は刑務所ぐらしをしました。こんな事件は、世界でも、ほかに例がありません。

それは、どんなのですか?

——ところで、エリザベスはそのころまだ女王ではありませんでした。我国の新聞で、「エリザベスは、誰それといちゃついている。誰それと婚約した。新しい恋人を見つけた」などと報道されてました。イランのシャーは、エジプトの国王ファールクの姉妹と結婚してました。これまた、我国の新聞で、連日、「ファールクは、こんなことをした。王妃を、またまた裏ぎった。シャーは、こんなことをした。愛人を、またもや見つけた」などと報道されてました。誰それが、誰それと恋愛中で、ほかの誰それを裏ぎったというたぐいの報道です。ちょうど、今日の新聞と同じです。いま、モナコの王女、カロリーヌ、我国の有名な芸術家たち——彼らを追いかけまわしてますが、当時も、まったくこのとおりでした。とにかく、僕はイランのレザー・パフラヴィー、エジプト国王ファールク、そしてエリザベス女王について一文を書きました。これら三人は、僕が自分たちを侮辱したといって、僕を相手どって、此処で訴訟をおこしました。裁判長は、法廷で、彼らの告訴状を読ませました。それはつぎのようなものでした。アンカラにいるイギリス大使がエジプト大使を訪れ、この文章は、それぞれの国とトルコとの間の友好関係をそこなうものであると言った。そのあと、この二人は、一緒にイラン大使のもとへ行った——というのでした。さらにそののち、エリザベス、ファールク、レザー・パフラヴィーは、自ら、僕にたいする原告として、僕を告訴したのです。しかし、エリザベスは当時まだ国王ではありませんでした。そのため、彼女の訴えは却下されました。ただ、ほかの二人を侮辱したかどで、僕は六か月間、投獄されました。イランのシャーについて三か月、ファールク国王について三か月ということです。つまり、そのころエリザベスがもう女王になっていたら、さらに三か月間、刑務所ぐらしをしなければならなかったでしょう。

何とまあ……。こんなことは、いま、はじめてうかがいます（ネスィン氏は、このとき、顔をテーブルに伏せて、笑いをこらえていた）。

——そう。僕が、こうしたことのために、パシャカプス刑務所にはいっているとき、看守たちが、「大変重要なひとが一人、お前に面会にきた」と言いました。そのころ、面会人がくると、二つの網窓をとおして話しあったものでした。けれど、この面会人は、非常に重要な人物でしたから、鉄製の窓ごしに話させてくれました。その男は、面会にくるまえに、数箱の煙草と、一包の葡萄とを、僕におくってくれてました。それらの包みは、僕の手にありました。男は、アゼルバイジャン訛りのトルコ語で、こう言いました。「私は、アンカラのイラン大使館から来ました。あなたは、シャー陛下が不快の念をいだかれたために、刑の宣告をうけられました。もし、あなたが、陛下に釈放嘆願書を書いて謝罪されたら、シャー陛下は、あなたを釈放するようはかられるでしょう」と。僕は、持っていた葡萄の包みを、そいつの顔に投げつけて、「おいっ、ぽん引きめっ。そのシャーに、俺からよろしく言っておけ。そして、自分がきて、俺に謝れとな」とどなりました。男はたちまちいなくなりました。それ以後、どの国家の要人も、僕を悩まさなくなったと言えましょう。何故なら、僕を悩まし、告訴した国家の要人は、その国から追放されてるからです。ファールクはエジプトから追放されました。シャーはイランから追放されました。

ネスィンさん。あなたは、本当に偉大な作家です。偉大な作家であるとおなじくらい偉大な人物です。今後、健康で、長命をたもたれることを祈り、もっともっとたくさんのあなたの著作を拝読し、あなたともっともっとお話しできることを願うしだいです。本日のお話にたいして、心から御礼申しあげます。

解説

アズィズ・ネスィンがこの世を去ってすでに一八年がすぎた。生涯に短篇集四七冊、小説一一冊、戯曲一八冊を残し、なにより社会諷刺の達人として知られたアズィズ・ネスィンが、愛し、批判した「トルコ社会」はこの間に大きくかわった。ひたすら貧しかったトルコから、経済成長の結果、豊かさと貧しさの混じり合うトルコへ。さらに、政治の対立軸も、右派と左派、資本家と労働者の対立から、イスラムや民族のからみあう複雑なものに転じた。しかし、彼の笑いのなかにひそむ棘は、いまも、トルコの人々の心につきささったままだ。アズィズ・ネスィンが今のトルコをみたらどんな言葉を投げかけるか。多くの人が、ふと考えることだろう。

近年でもこんなエピソードがあった。二〇一一年六月、近づく総選挙でトルコの政治は連日過熱気味。そんななか、世論調査で与党公正発展党への支持率が五〇%近いのをみたある著名な劇作家が、「アズィズ・ネスィンの基準によれば、公正発展党への支持率は六〇%にいくはずだ」と発言し、物議をかもした。これが、「トルコ人の六〇%はバカだ」という、ネスィンの言葉を受けたものであることは、トルコの人なら誰でもすぐにわかる。公正発展党の党首でもあるエルドアン首相は、早速、五万トルコリラの損害賠償を求め、この劇作家を名誉毀損で告訴した。

「アズィズ・ネスィン的な」という表現は、トルコではいろいろな場合に使われる。「無神論者」という彼の宗教的立場を思いだし、非難の言葉にもなるだろう。しかし、多くの場合は、「アズィズ・ネスィン的」とは、愚かな人々が巻き起こす、悲喜劇的な物事の展開をさしている。地中海性のトルコの人々は、明るくポズィティブだが、その一方で、とても自嘲的だ。愚かで呆れた出来事には、「これだから、ここはトルコ！」の一言。トルコではよく聞く言葉だ。アズィズ・ネスィンの描いたトルコは、こうした自嘲を常とするトルコの人々にとって、まさに苦笑いして眺める自画像だったのだろう。アズィズ・ネスィンは、トルコを愛し、憂い、からかい、そして自分自身が「愚かな」トルコ人の一人であることを示し続けた。自身を六〇％のなかに見ていたからこそ、人々の共感をえていたといえよう。そんな彼がなんども「国家侮辱罪」で訴えられること自体が、「アズィズ・ネスィン的な」展開に見えてくる。そして、この勇気ある作家は今でも、多くの人々の記憶の中で生きている。

アズィズ・ネスィンは、一九一六年生まれ（一九一五年とも）。幼年時には宗教的な教育をうけコーランを暗記したほどであったが、やがて職業軍人の道に進み、イスラームから決別した。一九四四年、「職権濫用」の罪で四か月と一〇日の禁固刑に処され、軍を追放される（その経緯は、本書の附「インタビュー」におもしろおかしく語られている）。食料品店を開いて生活を支える一方で、この頃から執筆を本格化させ、『カラギョズ』紙や『七日』誌などに加わった。一九四五年には『曙《タン》』紙のコラミストとして名を知られるようになった。

一九四六年に、トルコ社会主義者党に加わるが、まもなく離党。以後、直接政党に加わることはなかった。この年、仲間と『マルコパシャ』と題する諷刺雑誌をはじめた。この雑誌はしばしば閉鎖され、執筆者らは取り調べをうけたが、幾度も名前を変えながら刊行は続けられた。当時としては爆発的に売れた雑誌だった。ネスィン自身も、執筆内容がもとで何度も訴えられ、監獄ぐらしを経験するが、一度も有罪判決は受けていないという。

こうした逮捕、裁判の日々のなかで、毒のあるユーモア・諷刺短篇・長篇小説の執筆をつづけ、その出版数を増やしていった。一九五六年来、海外の国際ユーモア小説コンテストでも数々の賞を獲得し、国際的な名声を得た。七二年には「ネスィン財団」を設立し、身寄りのない子どもたちの教育にその財をつぎ込んだことでも知られている。この財団は、いまもネスィンの子アフメト・ネスィンのもとで活動を続けている。

本書掲載の一九八七年のインタビューにみるとおり、一九八〇年代に入ってもトルコの民主化の問題を批判し続けた。インタビューに登場するエヴレン大統領は、一九八〇年クーデターを主導した軍の参謀総長、八七年当時の大統領である。この頃からトルコではイスラム復興の風潮が際立ちはじめていたが、アズィズ・ネスィンはサルマン・ルシュディの『悪魔の詩』のトルコ語訳をつくるなど、それに批判的な立場を明確にしていた。一九九三年にシヴァス事件に遭遇したのが、それらの結果であることは間違いないだろう。滞在中のホテルが暴徒により焼き打ちされ、彼は助かったものの、彼の仲間三〇人が犠牲になるという悲劇である。二〇一一年、現場となったホテルの記念館としての保存がようやく決まったが、多くの人にとってその傷はまだ癒えてはいない。彼は、事件の二年後、九五年に心臓発作でなくなった。

本書は、こうした作家アズィズ・ネスィンの一九五九年『あっぱれ！ Aferin』、と一九六一年『気のふれたもの、百リラで売ります Yüz Liraya Bir Deli』という二冊の短篇集から一六篇を集めたものである。

『あっぱれ！』からは、「口で鳥をつかまえる男 Ağzıyla Kuş Tutan Adam」、「合いことば Parola」、「ミスター・フィシャーが来る Mr. Fişer Geliyor」、「神の恵みがありますように Helal Olsun」、「自白 İtiraf」、「新郎用の帽子 Damatlık Şapka」、「みんな落ちこぼれ Hep Döküldük」、「そりゃあ、いいすぎだ O Kadar da Değil」、「署名大使 İmza Elçisi」、『気のふれたもの、百リラで売ります』からは、「女社長 Patroniçe」、「正しい論争 Doğru Tartışma」、「代議士の外套 Mebus Paltosu」、「気性 Adamın Serti」、「親切は善行 İyilik Sevaptır」、「おじいさん Beyamca」、「恐ろしい夢 Korkulu Rüya」を収録する。

この二冊の短篇集の出版の間には一九六〇年クーデターが起こっている。クーデター前後の社会や経済の混乱、言論の制限、検閲、戒厳令、警察の横暴、官僚主義……。本書の諸作品に影を落としているのは、こうした当時の政治・社会情勢である。初出からすでに五〇年がたってもそのシニカルな笑いが今も棘を失っていないのは、アズィズ・ネスィンの指摘していた問題が、今もトルコから（そしてこの世界から）払拭されていないせいだろう。しかし、それ以上に、彼の作品を今もかがやかせているのは、作品にみられる人間への深い観察と愛情である。「そうそう、こういう人いる、こんなこと、ありそう」と思わせる臨場感が彼の作品の魅力といえよう。

本書の翻訳は、長くネスィンと交流を続けた、日本の東洋史学者・護《もり》雅夫（東京大学名誉教授）の手による。護先生（そう呼ぶことを許していただきたい）は、『古代トルコ民族史研究I〜III』（山川出版社）などで知られるトルコ史の大家である。中央アジアの突厥史を専門とされ、一九五八年に初めてトルコに留学、一九七六〜七七年にはイスタンブル大学、一九八六〜八七年にはアンカラ大学で、古代トルコ史の教鞭をとられた。その一方で、トルコの「一休さん」的存在である「ナスレッディン・ホジャ」に興味をもち、その知恵話をご自身の近江弁に小気味よく翻訳した。平凡社東洋文庫から刊行された『ナスレッディン・ホジャ物語』（一九六五年）がそれである。そして、おそらくは、「ナスレッディン・ホジャ」の翻訳が縁で、現代の「ナスレッディン・ホジャ」こと、アズィズ・ネスィンとの交流も生まれたものと思われる。トルコにも同行された護先生の長女和子さんによると、二人の交流は六〇年代にはじまり、一九九五年七月にネスィンが亡くなるまで続いてい

たという。

　護家に残る前頁の写真が物語るように、酒豪でしられるお二人は会えば酒杯を酌み交わしたそうだ。この写真は、一九八二年頃のものという。この日も、ボスフォラス海峡を背に、ラクを片手に議論をされたにちがいない。こうした交流のなかで、アズィズ・ネスィンの作品を日本に紹介しようと思い立たれた。翻訳はほぼ完成されていたものの、まもなく護先生は病を得て闘病の日々を送ることとなり、出版が実現せぬまま長い時間が流れてしまった。

　その後、ご遺族と財団法人東洋文庫の関係者が護先生の蔵書を整理するなかで、手書きの翻訳原稿が見つかった。きれいに清書された、整った原稿だった。粕谷元氏（日本大学）、新井政美氏（東京外国語大学）と私の三人で出版のための体裁を整え、ご家族のご協力をえて、本書を藤原書店から刊行できることになった。出版を快くお引き受けいただいた藤原書店の社長、藤原良雄さん、編集部の刈屋琢さんには、心から感謝したい。また、原稿の入力や点検、整理では東京外国語大学大学院の林奈緒子さんと篁日向子さんに協力いただいた。

　本書を手にすると、私たちには著者ネスィンの声と、訳者護先生の声が二重に聞こえてくる。一九九五年、一九九六年と、相次いで旅立たれたお二人のご冥福を、心から祈りたい。

関係者を代表して　林佳世子

（はやし・かよこ／東京外国語大学総合国際学研究院教授）

著者紹介

アズィズ・ネスィン (Aziz Nesin)

1916年1月（一説では、1915年12月）、トルコのイスタンブル生まれの作家。生時の名は、メフメット・ヌスレット。34年の創姓法でネスィン（「君は何者？」）を正式の姓とする。父はイスタンブル・ヘイベリ島にある海軍学校の庭師、母は海軍学校校長の養女だった。父の名はアブドゥル＝アズィズで、「アズィズ・ネスィン」のペンネームは父の名に依る。宗教的な家庭環境に育ち、8歳までにコーランを暗誦していたという。教育のためヘイベリ島からイスタンブル市内にうつり寄宿舎生活。少年時代に母を亡くし一家は常に貧しい生活を送っていた。14歳でチェンゲルリキョイ軍人学校に入り、36年からはアンカラの士官学校、つづいてイスタンブルの工科技術学校に学ぶ。39年からは少尉、将校として各地で勤務。44年に職権濫用の罪で逮捕され、4か月と10日の服役を経て、軍を罷免される。出所後は、様々な仕事につくが、やがて、『イェディギュン（7日）』誌や『カラギョズ』誌、『タン（曙）』紙で、編集や執筆に携わるようになる。左派紙『タン』の閉鎖（45年）ののち、一時、トルコ社会主義者党に入党するが2か月で離党。46年には『マルコパシャ』紙を創刊する。同紙は、社会諷刺・政治批判で人気をあつめたが、当局による圧力をうけ、アズィズ・ネスィン自身もしばしば逮捕・拘束を体験する。53年に初の短篇小説集『残ったもの』を出版。54年からは『アクババ』誌上に各種のペンネームで執筆する。56年にドゥシェン出版社を設立。同年、国際ユーモア・フェスティバルで金の椰子賞を受賞。作家としての地位を確かものとする。50年代、60年代には特に活発な執筆活動を展開し、50年代だけでも375篇を含む短篇小説集20冊を出版している。その一方で61年には「共産主義プロパガンダ」の疑いで逮捕され50日間拘束される。72年にはイスタンブル郊外のチャタルジャにネスィン財団を設立。同財団は、アズィズ・ネスィン作品の著作権料を財源とし、孤児や貧困家庭の子供を育てる事業を展開する。80年クーデターの後には、「知識人請願」の運動を主導。その活動でも裁判を起こされた。82年に心臓病、83年に脳卒中を患い健康問題を抱えるなか、90年代にはサルマン・ルシュディ『悪魔の詩』の翻訳で議論を呼ぶ。93年にはピール・スルタン・アブダル記念式典に参加したスィヴァスで滞在中のホテルが放火され、37名が死亡するという惨劇に巻き込まれる。1995年、心臓病のため、サイン会のため滞在していたチェシュメで死去。遺体は遺言によりネスィン財団の庭に埋葬された。3度結婚し、子供は男子4人。三男で数学者のアリ・ネスィンがネスィン財団を継承している。短篇小説、長篇小説、詩、戯曲、コラムなどあらゆる種類で執筆したが、特に強いユーモアのある諷刺を特徴とする短篇への評価が高い。執筆した短篇の数は未刊行分も含め2000篇に及ぶといわれる。ネスィン財団のサイトによると短篇集47冊、長篇小説11冊、詩集7冊、紀行随筆13冊、戯曲18冊など、全111冊の著作を残した。

訳者紹介

護 雅夫（もり・まさお）

1921-1996年。東洋史学者、東京大学名誉教授。滋賀県に生まれる。北海道大学助教授、東京大学助教授・教授、日本大学教授を歴任。レニングラード大学（ソ連）、イスタンブル大学（トルコ）客員教授も務める。
『古代トルコ民族史研究』で1970年に第60回日本学士院賞を受賞。1992年より日本学士院会員。トルコ科学アカデミー名誉会員。東洋文庫ユネスコ東アジア文化研究センター所長、史学会理事長、東方学会理事長(1985-1991年)、中近東文化センター理事長、古代オリエント博物館理事、日中文化交流協会常任理事、日本学術会議第13期会員等を歴任。1991年勲二等瑞宝章。

口《くち》で鳥《とり》をつかまえる男《おとこ》——アズィズ・ネスィン短篇集《たんぺんしゅう》

2013年5月30日　初版第1刷発行©

訳　者　護　雅　夫
発行者　藤　原　良　雄
発行所　株式会社　藤　原　書　店

〒162-0041　東京都新宿区早稲田鶴巻町523
電　話　03（5272）0301
FAX　03（5272）0450
振　替　00160-4-17013
info@fujiwara-shoten.co.jp

印刷・製本　音羽印刷

落丁本・乱丁本はお取替えいたします
定価はカバーに表示してあります

Printed in Japan
ISBN978-4-89434-915-5

1989年11月創立　1990年4月創刊

一九九五年二月二七日第三種郵便物認可　二〇一三年五月一五日発行（毎月一回一五日発行）

月刊

機

2013
5
No. 254

発行所　株式会社 藤原書店©
〒一六二-〇〇四一　東京都新宿区早稲田鶴巻町五二三
電話　〇三・五二七二・〇三〇一（代）
FAX　〇三・五二七二・〇四五〇
◎本冊子表示の価格は消費税込の価格です。

編集兼発行人
藤原良雄
頒価 100円

戦後文学の巨人、野間宏と〝怪優〟三國連太郎が親鸞をめぐって熱論！

三國連太郎監督『親鸞　白い道』

――カンヌ国際映画祭審査員特別賞を受賞して――

三國連太郎
野間　宏

一九八七年のカンヌ国際映画祭で審査員特別賞に輝いた、三國連太郎監督第一作『親鸞　白い道』をめぐって、戦後文学の巨人野間宏と〝怪優〟三國連太郎が、二十数時間熱論を交わした記録。一九九〇年十二月十五日、野間宏歿直前に公刊され、長く品切れ状態になっていたが、このたび三國氏ご逝去に際し、『親鸞　白い道』の再評価がなされはじめた。三國氏がこの映画で描きたかったのは何か？　今のわれわれの生きる意味を真正面から問うた本作を、装いを新たに復刊する。　**編集部**

● 五月号目次 ●

三國連太郎監督『親鸞　白い道』をめぐって
三國連太郎監督『親鸞　白い道』　三國連太郎＋野間宏　1

米を代表する社会起業家ロザンヌ・ハガティ
10万人のホームレスに住まいを！
――アメリカ「社会企業」の創設者ロザンヌ・ハガティの挑戦――　8

卑弥呼は沖縄の平和思想を広めた救世主だった！
卑弥呼コード龍宮神黙示録　海勢頭豊　12

トルコ最高の諷刺作家、珠玉の短篇集を初邦訳
口で鳥をつかまえる男
――アズィズ・ネスィン短篇集――　林佳世子　14

薄明の峡の女流俳人
秩父が生んだ女流俳人、馬場移公子　金子兜太　16

〈リレー連載〉今、なぜ後藤新平か92「渋沢栄一と後藤新平――二人に通い合う志」（市川元夫）18　いま「アジア」を観る124『アベノミクス』日本の役割」（田村秀男）21
〈連載〉『ル・モンド』紙から世界を読む122「塀の中の暗黒」（加藤晴久）20　女性雑誌を読む61『女の世界』（一五）」（尾形明子）22　生きる言葉71「小栗上野介という存在」（粕谷一希）23　ちょっとひと休み2「披露宴いろいろ（二）」（山崎陽子）24　帰林閑話221「八十四吟」（一海知義）25　4・6月刊案内／読者の声・書評日誌／刊行案内・書店様へ／告知・出版随想

ラストシーンから映画は始まる

野間　まったく迷いに迷って、ゆうべ読み直し読み直ししたんですが、いくら読んでも解らんのですよ。じつに用意周到そのものというべきでしょうか。大胆きわまる作品構造というべきでしょうが、やはり恐るべき映画で、これまでなかった作業があるんですね。ようやくにして見えてきましたよ。

三國　僕、先生に、はじめてここで正直にいいますけどね、親鸞なんて撮るつもりなかったんですよ。ほんとは親鸞でなくてよかったのです。しかし親鸞という名前を付けなければならないという私の発想の土台は通俗性からです。ほんとは映画そのものがとっくにあれを超えていなければならないわけですが。

野間　そうでしょう。これは現代より未来のほうから出てくるんですね。

三國　僕は二、三の批評を読ませてもらって、いちばん感じることは、僕がとにかくフィルムを逆回ししているんだ、ということに気がついていないということです。

野間　だから僕は、後ろからやっていこうと思ったんですけど、それでは解らない方が出てくるでしょう。順番通りやりますが、後ろからといっても後ろのほうに、こう無限に続いていましてね、後がじつに膨大なんですね。後ろからもう、とうとうと流れていますものね。

三國　ほんとは素直にラスト・シーンから映画が始まるべきものだったんでしょうね。

野間　しかし、そういうことをしたら、カンヌに爆弾をしかけて吹っ飛ばすわけですから（笑）。

大胆きわまる傑作である、ときちんとまずいいましょう。非常に太い線が通っていながら、そのなかにあさと善信の念仏を真ん中においた激闘があり、また善念と善信、一方の善念は念仏門弾圧によってすでに念仏の未来を失っていて、そうはいいながら自身の保存を考えて、仕えている人たちに念仏門弾圧に自分は係わりがないと冷然としていなけりゃならない。しかし善信はあくまで念仏門の絶対を中心に置いて、いかなる障害をもしりぞけようとしている。善信とそういう身近な人たち、それが射鹿と善信の身近の一人ですが、これは「あなたを連れて来たのはこういうわけで……」と、策略ですね。しかし策略とわかっていて乗らざるをえない。それだけ頼られるとすれば乗ってみようと。阿藤太も入っているのですね。阿藤太がまた鼓という子供のことになると、とたんにどういうものか、泣き出してしまう。お願いします、といって頭をすり付ける、人買いがね。こういうのをむき出しにしなきゃならない。いまもいろんなそういう、この映画の登場人物に似た人たちがいます。

三國 僕は阿藤太に私としての知りうる日本人を賭けてみたんです。

野間 やがてこうなるぞ、という……。しかしそういう中で一枚起請文を、九州の「唯信鈔」を書いた方、聖覚に起草させる。違いますか?

▶「親鸞 白い道」撮影中の三國連太郎

三國 はい。

野間 次のようにシナリオ(決定稿)には書いてあります。三尊のわきに正面を向いている法然。顔を、顔だけで法然を出している。善信は沈黙。法然は気がすすまないのに花押を印す。地獄へ行ってもいいと。

三國 映画では、その部分をオミットしてしまっているのです。

野間 いや、そのあたりは、あさと善信がね、激突して己己《ここ》の死骸を、死んだわが子を火葬にするという善信、あさはこの子といつまでもいっしょに住まっている。善信は「事実を事実として見るのが念仏だ」といいますが、あのあたりは言葉が変わってないですか。

三國 ここも本編では少し変わっています。慈悲の問題について「事実を事実として」ということが、少しロジカルすぎて伝わりにくいと思いまして、「慈悲」という善信のセリフを「生きる者、一人一人が己れの生きざまをはっきりと受けとめることが慈悲の心なのだ」とし、入れ替えていますけれども。

それとこれも僕はカンヌの国際映画祭でまた聞きしたのですけれど、ある審査員の方は、この映画の最後の一〇分にテーマのすべてが集約されている、と。映像を羅列しているのだけれども、それを実証的に最後の一〇分でそれを語ろうとする手法にこの映画の創造性を見た、というい方をしている審査員がいたということでした。たしか最後の一〇分というのは脚本にも書いてありますけれども、ここから手法を変える、というふうにカッコしておいたんです。

宝来の眼

野間　そうですね。一〇分というのか、もうちょっと長いのではないかと思ったりしますけれども、宝来の初めの出は、大切なのですが、とらえにくいですが、宝来がこの映画を受け取る一つの岩のように置かれますね。しかしその宝来の岩も一工夫あって、流されて行く。善信はその流れのなかを歩いて行くばかりである。

三國　宝来のいちばん最初の出は、山から人買いの阿藤太たちが来て、垣内と垣外に差別されて生活している。そこはいつも氾濫原でそこの門番が説明的にそのことをいいます。「あそこは去年、全部、利根川の水害で人が死んでしまったから、勝手に使ってかまわないんだ」といわせています。もともとあそこは河原なんだから、誰にも文句を言われる筋はないよ、遠慮しないであそこに住みなさい、と。この二つに二分されたパターンの真ん中に狂女を置き、状況として清目に阿藤太の子供の死骸を埋めさせ、まだどんどん死骸が出るよ、といった墓場のシーンで「善悪の二つ総じてもて存知せざる」親鸞の意識の異端を宝来に見せているわけです。

野間　ああ、わかります。そうですね。

三國　だからあそこの場面の実証者として僕は絵づくりをしているわけです。

映像の断念

野間　このあたりの画面がちょっと思い出せなくて。これは出てくるんでしょうか。「筧から流れる水だけが真っ赤だ」

三國　そこは切ってしまいました。

野間　その前は白と黒のサバチエというの、これも切りましたね。

三國　はい、切ってしまいました。

野間　惜しいな。こういうじつに念入りな対立。そのすぐ前が白黒で、次は赤。その白黒の画面が適正露出をたてて真っ白になってね。

三國　日本のスタッフというのは、そういう映像の端末現象とでもいったらいいのかな……そういうことにすごく抵抗を感じるのですね。そのどこにリアリティがあるのかとか質問ぜめにあいましてね。どうしても理解してもらえません。何日も何日も話し合ったのですが、どうしても理解がつかないと首をタテに振らないんです。どうしても理解がつかないということだと現場がめちゃめちゃになりますから、それでは普通にやってもいいだろうということで、そういう端末現象の部分を全部、切ってしまったわけですよ。つまりプロフェッショナルとして露出が狂ったと見られては生活問題なんです。彼らは意識的に狂わせるわけですけれど、それはプロキャメラマンの失敗だと観客に取られるのが怖いということです。

野間　非常にそう取られやすいですね。

三國　だからそういう体質をつくってしまったという、なにかこう、悲しむべき状況とでもいうのかな。いまの日本の映画は、観客を含めてそういった実情に堕ちてしまっているのではないですか。

野間　ほんとにまだカメラが生かしきれないのですね。

三國　単純に批判ばかりはいえないと思いますね。

野間　そういう点ではこれからそれを払いのけて、もっと違う質の高いものが出てくるわけですね。

三國　と思います。そういう本を書きますとね、現場のスタッフは助監さんを含めてすぐ鈴木清順の世界だというのです。決して鈴木さんの真似をしているわけではないんですよ、と説明しても、なかなか自分の経験にばかり固執して、受け入れようとしない体質が日本の映画界にはあるんじゃないですか。

なぜ作家として最後まで自分の意志を押しつけないかというと、先ほどもいったように、監督は全員を数ヵ月間も引っ張っていかなきゃならんということがある。そこでもし初体験のアマチュア監督の僕が強引にこれをやろうと思ったらスタッフ全員も替えてしまうということ、そして膨大な時間を浪費することになってくるということですね。そういうことは政治にもあるじゃないですか。そこでいろいろと考えて、これはもう切り捨てようという、ある意味の妥協もやむを得

▲「親鸞　白い道」撮影風景

まいという気持ちになったわけですね。

野間　カメラのことでも、カメラマンを踏みとどまらせてるっていう、偉いものですね。

三國　僕はそういうのは日本人のつまらないプロ意識がそうさせるんだと思いますね。自分はプロなんだ、プロなんだから素人の考えていることは駄目だという……。

——何なんでしょう、そういうプロ意識というのは。

三國　あまり大した問題じゃないと思いますが、気にかかることですね。

野間　宮島カメラマンはプロ意識の最たるものですよ。よい意味で。

——日本という枠組みの中では、そういうプロ意識を持っていない人じゃまた困るでしょうね。そういう人を使うかっていうと、使えない人が続出して……。

野間　映画のショットを決定するということは難しいことなんでしょうか。大変だったんでしょうね、ロングショットは。

三國　ショットは、どうせ素人監督ですから気にするほどのことはありませんでしたが。つまりカメラ・ポジションというのは演出家にとって非常に決意のいることだということは判りました。

野間　そうですか、どこで決意されるんですか。

三國　やっぱり映画常識との闘いみたいなものがあったと思うんです。つまり一般のプロ監督でしたら、この芝居はもっと寄って大きく写すべきだろうということがまずあると思います。しかしこれは、むしろ逆にロングに引いたほうが性質として説得力を勝ちとる効果になるだろうという、そういうような自分の中での葛藤の部分でカメラ・ポジションを決めていったわけです。

タイトルバックは苦肉の策だった

野間　また初めに戻りますと、最初は平氏といいますか、平氏の一族の生き残っている人たちでしょうね、それが、残党狩りに切られる。それと重なった形で安楽の打ち首の場面が出てきますね。

だから最初はこの京都の鴨川の六条河原ですね、墓地というか葬るところですね、そこまでずーっと辿っていくわけですけれど。その中で権力もまた、いつなんどき葬り去られることになるか解ったものでないと思わせる。つまり二つがどうなるだろうという思いがしてくる。しかしそこだけ見ていた限りではどうなるのか、いっこうに解らないのだが、タイトルバックの形で出てきます絵は非常に柔らかなんだけれども、この中で非常に険しいものを予感させるし、そういうすべてを包み込んだような柔らかさですね。それが空のほうから包み込んでいるし、そっちのほうからそういう思いをさせようと誘い出されますね。あの絵は誰が描かれたのでしょうね。

三國　あれは小笠原宣さんという、真宗のお坊さん画家ですけれど。

野間　ああいうのはタイトルバックとしては非常に成功しているというか、新しいものですね。

三國　新しいというか、あれは一つの演出プランから生まれた苦肉の策なんです。

僕はこの映画のイントロの部分をリアルに撮りたい、と脚本の段階では思ったのですけどね。時間も予算も許さないということで、小笠原さんに無理矢理お願いしたんです。一応はロケハンは全部して、せめて六条河原だけでもと美術と相談したのですけれど、どうしても予算の中に入れるためには、それはできない相談だったのです。どうしたらいいか、しかしこの部分がないと困るんだということで、いろいろ考えていたときに丸山照雄先生のところで、小笠原さんのインドの絵を偶然に見たのです。それで「この方、誰ですか」と聞いたら、岐阜に住んでいらっしゃる僧侶だと聞きましてね。こういう絵をお描きになれる方だったらきっとオミットさせられた六つのシーンですか、その部分をきっと如実に再現していただけるだろう、と考えまして、それではお願いするのに橋渡しをしてくれないかと思い立ちまして、丸山先生に頼んでもらったわけですけれどね。

野間　あれは一番終わりにいって、またあれを思い出すようになるのですね。するとあの絵の柔らかさといいますかね。しかしその中身はそうではなくて、いろんなものを含んでいる。観客を包み込んでいる。それで何度かよく見ていると、新しい感じがありますよ。ああいうところは割合にヨーロッパ、アメリカなどのミュージカルとか、そういう映画の場合にはタイトルバックが非常に工夫してありますね。この映画のタイトルバックは、そういうものに対抗できるようなものになっていましたですね。

（後略　構成・編集部）

（みくに・れんたろう／俳優　1923-2013）
（のま・ひろし／作家　1915-91）

アメリカを代表する社会起業家、ロザンヌ・ハガティの仕事とは？

10万人のホームレスに住まいを！

——アメリカ「社会企業」の創設者 ロザンヌ・ハガティの挑戦——

ロザンヌ・ハガティの先進性

青山 佾

社会起業家の代表的人物

ロザンヌ・ハガティは、アメリカにたくさんいるソーシャル・アントレプレナー（社会起業家）の代表的人物の一人である。

ニューヨークに大勢いたホームレスの人たちのために、繁華街の荒れ果てたホテルの建物を買い取り、その周辺にいるホームレスの人たちのための住まいをつくった。それは当時、アメリカ政府やニューヨーク市役所が提供していたホームレスのためのシェルター（一時的宿泊所）ではなく、簡単なキッチンやシャワーがついた個室であり恒久的なマンションである。

ロザンヌは建物を買い取るために〈**コモン・グラウンド・コミュニティ**〉というNPO団体をつくり、政府や市役所の補助金を獲得し、企業や個人の寄付も得たし借金もした。借金返済のためにその後も寄付等を獲得したが、運営経費も含め、入居した人たちが働いて一定の家賃を支払う仕組みもつくった。

この方法が一つのモデルとなって、ロザンヌと〈コモン・グラウンド〉はその後もニューヨークの各地にいくつものホームレスのための住居をつくり、彼らの生活再建に努めた。

プロジェクトが定着し成果が見えてくると、補助金も寄付も少しは集めやすくなる。こうして事業が安定するとロザンヌはこのやり方をアメリカ各都市に拡げる一方、ホームレスのためのマンション運営の事業は〈コモン・グラウンド〉に任せ、今度は〈**コミュニティ・ソリューションズ**〉という新しい組織を立ち上げ、自らはこれに移った。

地域再生事業への取り組み

〈コミュニティ・ソリューションズ〉は、地域再生、すなわち、古くなって荒廃した公営住宅団地等を、まちづくりの面からも住む人々の生活面からも、改善していこうとする試みである。ロザンヌは手始めに、ニューヨークのブルックリンの中央部にある、ブラウンズビルという大規模な公営住宅団地の再生に取り組んでいる。

ブラウンズビルは、三万戸余の公営住宅に十二万人余が住むが、一九一〇年代から既に荒れ始めたというから、一〇〇年に及ぶ荒廃の歴史をもっている。特に一九七〇年代頃から荒廃がひどくなって、貧困やスラムの代名詞ともなった。住宅地なのに、域内に少年刑務所があったりする。公営住宅といえばスラム、というイメージはブラウンズビルがつくったというニューヨーカーもいるほどだ。

▲青山佾氏

ロザンヌはここで、まずは出産・育児から学校、就職、住宅など生活相談から始め、小口金融、雇用創出などのプロジェクトに取り組むほか、落書き消し、少年指導、健康的な食事の推奨、犯罪防止などに取り組んでいる。無味乾燥な住宅群をみどり豊かなスペースに変え、雇用の場創出のため商店を開業し、レクレーションや交流の場の創出など再生計画の議論も始まっている。

今まで誰も取り組んだことのない方法でホームレスの住まいを提供し、それが定着すると荒れたコミュニティの再生に転ずる――ロザンヌがアメリカのソーシャル・アントレプレナーの代表選手の一人とされる所以である。

本書は、そんなロザンヌ・ハガティの半生を、彼女のプロジェクトへの取り組みを中心に紹介したものである。

第Ⅰ部は、対談という形でロザンヌの活動を振り返り、ロザンヌの考え方を紹介した。

第Ⅱ部は、その背景にある貧困問題、それに対する社会的包容力（ソーシャル・インクルージョン）の考え方、その具体化としての社会企業論などを私が展開した。敢えて表現形式の異なった二部構成を採用したことにより、問題の本質を浮き彫りにすることができていれば幸いである。

（あおやま・やすし／元東京都副知事）

社会企業とは何か

ロザンヌ・ハガティ

青山さんと私

青山佾さんには二〇〇〇年に、東京都の副知事をやっておられるときに初めてお目にかかりました。私はその当時、たまたま日本のワンルームマンションなど小型住宅の勉強をしたく来日していました。このモデルが米国のホームレスの状況を改善するために役立つのではないかということで、調査しに来たのです。

〈ジャパン・ソサエティー〉の関係で私はこの時来日することができ、特に山谷地域の関係者にお目にかかる機会をつくっていただきました。御承知の方が大半だと思いますが、山谷地域は東京の中でも日雇い、またホームレスになる可能性のある人たちが歴史的に集まり、その地域に生活している人たちが多い地域でした。

私が山谷を訪ねたとき、当時二〇〇〇年でしたが、いかにホームレスをなくしていくか、関係者が山谷のためにいろいろな解決案を模索しておられました。

私はニューヨークでどのような活動をやっているのか、日本のNGOや政府関係者に説明しました。その当時も、ホームレスの人たちを支援するために住宅を建設し、保健衛生、精神衛生、また就労支援などをやっているということを説明させていただきました。

そのとき、山谷の関係者から、当時日本で社会問題について一番よく考えておられるベストシンカーは、青山さんだということを私は聞いたのです。日本滞在の最後の日に青山さんにお目にかかることができて、社会がいかに改善できるのかについて非常にパワフルな考えをお持ちの方だという印象を持ちました。ソーシャル・アントレプレナー(社会起業家)の概念が今ほど流行する前の時代でも、その考え方そのものはまさに青山さんの御活動、お考えに反映されていたわけです。

このソーシャル・アントレプレナー、社会起業家というのは米国でも、また最近は日本でも非常に人気の高い概念となっています。人々に対してよりよいサービスを提供しながら、社会にとっても意味のあるソリューション(問題解決)を生み出す、それが社会起業家の意味だと思います。

我々の仕事での主要なミッションは、ホームレスの人たちに対して持続可能なソリューションを提供することだと考えています。ということは、あと一日どうにか生き延びるための支援を提供するということではなく、そのような状況から完全に脱することができるように支援をするということです。というのも、彼らが尊厳を持って、また自分の生活をよりよいものにすることができる、またそれに貢献する機会があれば、社会全体にとってそのような状態の方が好ましいと、我々は思っているからです。

新しいビジネスモデルの必要性

さらに我々は、本当に建物だけつくり続けることに専念したいのか、それとも全米レベル問題の根幹に対応し、問題の解決そのものを検討したいのかという選択を迫られるようになりました。この問いかけの答えとして、やはり異なったビジネスモデルが必要なのではないかという事実に気がつき、このビジネスモデルを実施していくためには、違った形での社会的企業が必要だという結論に至りました。

もちろんビルを建てていくことは重要であるということは認識しつつも、最も重要なのは、だれがいま最も住宅を必要としているのか、ある一定の基準に基づいて優先順位を設定し、例えば健康上の問題を一番ひどく抱えている人びとを優先する、その人たちの住宅へのニーズに合った形で住宅を提供していく。その支援の優先順位をどのように設定していくかということが、最も重要であることに気がつきました。

したがって、我々が今までやってきたプロセスを微調整し、自分の力だけではホームレスの状態から脱却できない、健康上の非常に大きな問題を抱えている人たちを特定し、そういう人たちには優先順位を高く設定して、どこでもいいからまず住宅を彼ら個人に、また彼らの家族にも提供する。そして住宅を確保した後に、サービスを提供し、彼らが生活できるよう持っていく。それが重要だと、現在考えています。

（Rosanne Haggerty／社会起業家）

▲ロザンヌ・ハガティ氏

卑弥呼は、沖縄の平和思想を広めた、ヤマトの救世主だった！

卑弥呼コード　龍宮神黙示録

海勢頭豊

ふるさと・平安座島の謎

私のふるさとは沖縄本島中部、礁湖に浮かぶ平安座《ヘンザ》島であった。今思えば「平安が座る」という島の名前も変だが、私がそこに生まれたというのも不思議でならない。運命が全て決められていたように思うし、平安座島はまた周辺離島に負けず劣らず古代の謎を秘めた島だったからである。向かいの浜比嘉《ハマヒガ》島には琉球開闢の始祖「アマミチュー・シルミチュー」の遺跡があったし、その浜比嘉の向こうには津堅《ツケン》島や神の島だという久高《クダカ》島が見え、そして斎場御嶽《セーファウタキ》のある知念岬が見えたからだ。つまり私は、これらの島々に潜む神秘が好きだった。

子供の頃の私は、海に浮かぶ島影を毎日見て遊んでいたし、そして祭りのたびに白い神衣装を着けた神女《ノロ》たちの厳かな儀式を見ながら育ったと言ってよかった。

特に旧正月の三日には、島中の人が与佐次流泉の湧水の周りに集まり「孵で《シディ》水《ミジ》」の儀式を行なうのであったが、門中ノロ（神女）から額に聖水を付けてもらうと、何故か心身ともに清らかになり、力が湧くのを感じたものだった。

私がノストラダムスの存在を知ったのは、高校入学前の中学三年の冬だった。世界には沖縄のユタとは比較にならないほどの超能力者がいたことを知って驚いた。そして「どうせ死ぬなら、せめて島で使われている意味不明の言葉や仕来りの謎を解き明かしてから死のう」と、決断した。それが生涯をかける宿題の始まりになった。

謎は卑弥呼につながっていた

この本は、私が中学三年のときに自分に課した宿題のレポートである。これが、子供たちの希望に繋がるかどうか、それは分からない。たとえ読んだにしろ、今まで通りの日本人のように欲望と臆病の負け組になって、国家権力の迷信に与するようであれば、この本は触れてはならない「禁断の書」ということになる。

何よりも、本物の沖縄人、本物の日本人とはどう生きるべきだったのか？　歴史からそれを学んでリセットして初めて、人類の危機を解決する知恵も生まれるのではないかと思うからである。

今、空前の沖縄ブームが続いている。魅惑的な沖縄文化や観光に乗じて、案内書や解説書や沖縄学といわれる専門書までが、数多く出回ってはいる。それなりにどれ一つとっても、歴史の本質を日本の精神史・宗教文化史から捉えて明かした書は見当たらないのである。

▲海勢頭豊氏
（1943-　）

「マブイ」とは何か、「火《ヒ》ヌ神《カン》」とは何か、「トートーメー」とは何か、「ニライカナイ」とは何か、「ウタキ」とは何か、「グスク」とは何か。それに何故、ヤマト（日本本土）が男性中心の祭祀で、沖縄は女性中心の祭祀なのか、その対立したままの精神文化についても説明がない。また、神女《ノロ》たちは何故勾玉《まがたま》を持っているのか、そして何故、琉球国時代から巴紋様の標章を多用しているのか、そして何故、琉球国時代から龍宮神ジュゴンを守護神としてきたのか、その歴史は秘匿されたままだ。

しかし私は、このまま済ます訳にはいかなかった。とにかく宿題をまとめるために古代の解明を急いだ。すると幸いにも、平安座島で龍宮神を祀る海勢頭家を継いだ頃から、長年謎に思っていた言葉や仕来りが、すべて卑弥呼の行なったヤマトの「世直し」に直結したものだということに気がつくようになったのである。

そして、ついに古代「倭国」のようすを窺い知るようになり、それが現代の世相に重なって見えてきた。今や疲弊し行き場を失ってしまった我々日本人は、かつて「神」との約束を果たそうと祖先たちが努力したときのように、再び卑弥呼の時代の「世直し」の実現を目指す以外には、もはや「救いの道」はないと思うようになったのである。

しかもこの龍宮神の問題は、驚くべきことに今世界を不幸に陥れているキリスト教社会対イスラム教社会との宗教対立・宗派対立の根元に位置する問題としてあるのであった。

（構成・編集部）

（うみせど・ゆたか／ミュージシャン）

トルコ最高の諷刺作家アズィズ・ネスィン(1916-95)、珠玉の短篇集を初邦訳。

口で鳥をつかまえる男

——アズィズ・ネスィン短篇集——

林佳世子

笑いのなかにひそむ棘

アズィズ・ネスィンがこの世を去ってすでに一八年がすぎた。生涯に短篇集四七冊、小説一一冊、戯曲一八冊を残し、なにより社会諷刺の達人として知られたアズィズ・ネスィンが、愛し、批判した「トルコ社会」はこの間に大きくかわった。ひたすら貧しかったトルコから、経済成長の結果、豊かさと貧しさの混じり合うトルコへ。さらに、政治の対立軸も、右派と左派、資本家と労働者の対立から、イスラムや民族のからみあう複雑なものに転じた。しかし、彼の笑いのなかにひそむ棘は、いまも、トルコの人々の心につきささったままだ。アズィズ・ネスィンが今のトルコをみたらどんな言葉を投げかけるか。多くの人が、ふと考えることだろう。

「アズィズ・ネスィン的な」という表現は、トルコではいろいろな場合に使われる。「無神論者」という彼の宗教的立場を思いだし、非難の言葉にもなるだろう。しかし、多くの場合は、「アズィズ・ネスィン的」とは、愚かな人々が巻き起こす、悲喜劇的な物事の展開をさしている。地中海性のトルコの人々は、明るくポズィティブだが、その一方で、とても自嘲的だ。愚かで呆れた出来事には、「これだから、ここはトルコ！」の一言。トルコではよく聞く言葉だ。アズィズ・ネスィンの描いたトルコは、こうした自嘲を常とするトルコの人々にとって、まさに苦笑いして眺める自画像だったのだろう。アズィズ・ネスィンは、トルコを愛し、憂い、からかい、そして自分自身が「愚かな」トルコ人の一人であることを示し続けたそんな彼がなんども「国家侮辱罪」で訴えられること自体が、「アズィズ・ネスィン的な」展開に見えてくる。そして、この勇気ある作家は今でも、多くの人々の記憶の中で生きている。

人間への深い観察と愛情

本書は、作家アズィズ・ネスィンの一九五九年『あっぱれ！Aferin』、と一九六一年『気のふれたもの、百リラで売ります Yüz Liraya Bir Deli』という二冊の短篇集から一六篇を集めたものである。この二冊の短篇集の出版の間には一九六〇年クーデターが起こっている。クーデター前後の社会や経済の混乱、言論の制限、検閲、戒厳令、警察の横暴、官僚主義……。本書の諸作品に影を落としているのは、こうした当時の政治・社会情勢である。初出からすでに五〇年がたってもそのシニカルな笑いが今も棘を失っていないのは、アズィズ・ネスィンの指摘していた問題が、今もトルコから(そしてこの世界から)払拭されていないせいだろう。しかし、それ以上に、彼の作品を今もかがやかせているのは、作品にみられる人間への深い観察と愛情である。「そうそう、こういう人いる、こんなこと、ありそう」と思わせる臨場感が彼の作品の魅力といえよう。

▲ネスィン氏と護雅夫氏

本書の翻訳は、長くネスィンと交流を続けた、日本の東洋史学者・護《もり》雅夫(東京大学名誉教授)の手による。護先生(そう呼ぶことを許していただきたい)は、『古代トルコ民族史研究I〜III』(山川出版社)などで知られるトルコ史の大家である。二人の交流は六〇年代にはじまり、一九九五年七月にネスィンが亡くなるまで続いていたという。

酒豪でしられるお二人は会えば酒杯を酌み交わしたそうだ。こうした交流のなかで、アズィズ・ネスィンの作品を日本に紹介しようと思い立たれた。翻訳はほぼ完成されていたものの、まもなく護先生は病を得て闘病の日々を送ることとなり、出版が実現せぬまま長い時間が流れてしまった。

その後、ご遺族と財団法人東洋文庫の関係者が護先生の蔵書を整理するなかで、手書きの翻訳原稿が見つかった。粕谷元氏(日本大学)、新井政美氏(東京外国語大学)と私の三人で出版のための体裁を整え、ご家族のご協力をえて、本書を藤原書店から刊行できることになった。

(本書解説より構成・編集部)

(はやし・かよこ/東京外国語大学総合国際学研究院教授)

口で鳥をつかまえる男
アズィズ・ネスィン短篇集
護雅夫訳
四六上製　二三二頁　二七三〇円

「意志強く思念純粋な詩美と清潔感」（金子兜太）薄明の峡の女流俳人。

秩父が生んだ女流俳人、馬場移公子

金子兜太

寡黙の女人

郷里の秩父盆地（埼玉県西部）を産土《うぶすな》と呼び慣わして久しいが、その産土が生んだ誇るべき女流俳人に馬場移公子あり、とあちこちで自慢するようになって、これも久しい。しかし、移公子の句集二冊『峡の音』『峡の雲』と、宇多喜代子、黒田杏子編の『女流俳句集成』、加えて、秩父地方の人たちの書いたものに出てくる移公子についての記述のいくつかを読んだていどで、あとは直に接した印象を、そう言えないくらい大事にしているにすぎない。私の推輓の土台はそんなに厚いものではないのである。しかもこの寡黙の女人は、私の多弁に受け答えすることまことに僅か、笑みを湛えているばかりだったのである。

今回の中嶋鬼谷の出現は朗報だった。この人も秩父出身で、いまは東京にいるが、これはと思う同郷人に出会うと、徹底的にしゃぶりつくしてしまう。さきに、明治十七（一八八四）年の秩父事件のとき、蜂起農民集団の会計長として中心的役割を果たした井上伝蔵を徹底追究して、『井上伝蔵――秩父事件と俳句』、『井上伝蔵とその時代』などの好著を世に問うている。伝蔵が半生を過ごした北海道の石狩に何度も足を運び、伝蔵がつくっていた俳句を丁寧に顕彰している。言い忘れたが中嶋は俳句を能くする。俳句の世界における発言力も強い。

車中の初見

その中嶋が私に言う。俳句をつくりはじめたころの移公子と直接話している秩父の俳人は、貴公以外にはいまではいない。初見の印象など書いておいてくれ、と。

そうだったのだ。夫君を戦場で失ったあと、生家に戻っていた移公子は、敗戦の翌年、皆野《みなの》町の開業医で俳句もやる、私の父の伊昔紅《いせきこう》（本名元春）を訪ねて、俳句をつくりはじめている。二十八歳だった。その年の初冬、私は戦地トラック島から復員した。二十七歳。

その頃の伊昔紅を軸とした集りを、中嶋は「皆野俳壇」と呼ぶが、元気のいい「七人の侍」も既に他界している。残っているのは、侍の一人で、料理屋を営み、侍たちの集り場所にもなっていた、塩谷孝（俳号 潮夜荒《じょうやこう》）の跡継ぎの容さんと、容さんが大事に豊富に保存している資料のみ。

移公子との初見は、十二月三日の秩父夜祭の数日後と覚えている。上京のため乗った秩父鉄道は閑散で、冬の陽ざしがいっぱいだったが、その車内の向こうの座席にいた和服の女性が、ゆっくり立ち上がって私の前に来たのである。そして淡淡と、「兜太さんですか」と言う。父の家で写真でも見て、知っていたのだろう。好い勘《かん》である。「そうです」と答えると、「御苦労さまでした。体を十分にお休めになって下さい」という。トラック島にいたことも知っていたのだ。そしてさっさと自分の座席に戻っていったのだが、私は鴉のようにハアハアと答えるばかり。

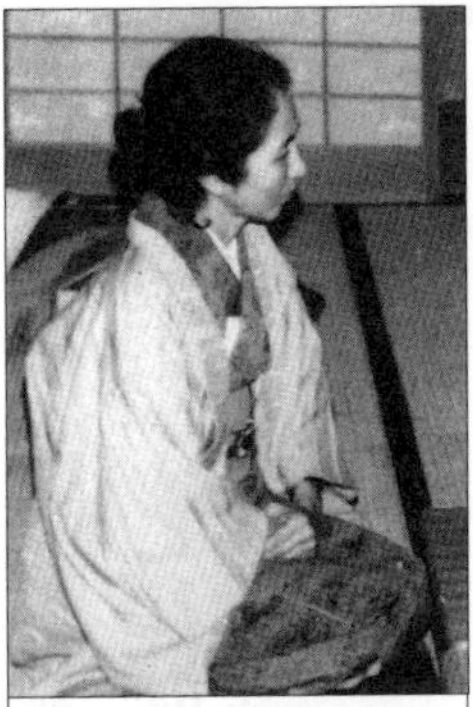

▲馬場移公子（1918–94）

中肉中背、和服のよく似合う色白の美形。意志強く思念純粋な詩美が清潔感もろともに伝わる。そしてその後、句会やら何やらでいくどもお目にかかることがあったが、こちらの話しかけにも淡泊。自分から話す場合も、車中の初見のときと同じように淡泊。そしてどこかきっちりしていた。

以来、しばしば恋愛感情について尋ねられることが御多分にもれず多いわけだが、そして私も人並みの色気には恵まれているつもりだが、どうもその感情がないのである。しかしそう答えても信用する人が皆無に近いのには恐れ入る。

戦死した夫君に生涯をかけて殉じようとしていたのではないかと思う。

――早春の熊猫荘にて

（かねこ・とうた／俳人）

馬場移公子（ばば・いくこ）一九一八～九四。俳人。秩父生。四〇年馬場正一と結婚。四四年一月、夫が戦死、生家に戻る。四六年、父を失う。俳句に生きる支えを求め、金子伊昔紅に師事、「馬醉木」に投句を始める。秋桜子の門下となり、のち「馬醉木」同人に。句集『峡の音』『峡の雲』（俳人協会賞）。「いなびかり生涯峡を出ず住むか」

リレー連載　今、なぜ後藤新平か　92

渋沢栄一と後藤新平

——二人に通い合う志——

市川元夫

後藤を動かした渋沢の言

一九二〇（大正九）年の年末近く、乱脈を極めた東京市政刷新のために、新市長への出馬要請がきたのは、後藤新平にとって寝耳に水であった。当時、後藤は大調査機関設立につき、原敬首相、高橋是清蔵相説得に奔走していた。後藤が仕事をするとき、いつも調査研究の機関が随伴していたが、第一次世界大戦後、世界の物心両界の大変化を直観した後藤の調査機関構想はこれまでのものとはスケールの大きさで段違いであった。

市長就任要請を断られた東京市議会は、後藤の「自治」への熱意を熟知し、すでに実業界を退き、社会・公共事業に専念している渋沢栄一（当時八十歳）に後藤の翻意を依頼する。渋沢の懇請にも回答を留保した後藤は、原首相と会見し、大調査機関の始末につき、ある種の口約束を得たのであろう、市長就任を承諾する。（『正伝　後藤新平』第七巻）

しかし、ここに内務省で地方庁を巡任し、後藤市長によって東京市助役に任ぜられた前田多門による回顧的証言がある。「（後藤新平伯が）市長に選ま《ママ》れてその受諾を躊躇して居られた時、渋沢子爵は切々の言を以て……市の養育院長として、憐れな人達に代って御願すると言われた。後藤さんを動かしたのはこの一語であったと思ふ。」（『渋沢栄一伝記資料』第三〇巻）

養育院の沿革

松平定信による寛政の改革の際、困窮町人救済のため設立された江戸町会所の蓄積金（七分積金）が明治維新後に東京府に引き継がれ、東京のインフラ整備に投下された。その執行機関として東京会議所が発足し、生活困窮者の保護施設として明治五（一八七二）年に養育院*が創立された。渋沢は当初から養育院と深く関わり、明治十二（一八七九）年から昭和六（一九三一）年まで半世紀以上院長職でありつづけた。この間、井の頭学校（非行少年を農工業で更正）、巣鴨分院（保護者のいない幼少年を保護）、千葉県の安房分院（呼吸器系疾患児童の保養）など、養育院の福祉医療活動の基盤が確立した。

渋沢栄一が、この養育院を管轄する東京市の長として、後藤を措いて他にはいないと言ったのは何故か。衛生局技師時代からの後藤による数々の社会政策建白についてよく知っていたからだ。さらには、後藤が相馬事件に関わるきっかけとなった、瘋癲患者をほしいままに監禁することの非を説き、人権問題として提起したことまでも思い出したかもしれない。

▲東京市長時代の後藤新平（前列左より3人目）

後藤と渋沢　二人の「公共」意識

後藤の「衛生」の原理は、人誰しも互いに「生を衛る」という公共の概念に基づいていた。後藤は、「公共」意識を育む「自治」活動をどのように考えていたのか。

後藤にとって「自治体というのは……府県郡市町村の団体〔筆者注―行政機関〕をいうだけでなく、農会、同業組合、産業組合等の公共団体より、青年団にいたるまで……各地にあって、その一郷一里の福利のために、各員が相集まって……自分たちの仕事を処理していこうとする団体を指す」のであり、人間同士が切り離された所で相競うのではなく、地域において顔の見える人と人とが結びついて生活していく所で「公共」意識が育まれるというのである。そして「公共」が成立してこそ健全な国家が成り立ち得ると言う。

一方、渋沢栄一は「公益」と「起業」とをどう捉えていたか。彼の唱える「合本主義」は、誰でも利益を求めて投資行動に参加できる、しかし、たとえその会社がうまくいかなくなりそうと思っても、資金をすぐに引き揚げず、長い目で見ていこう、つまり会社は公共のものであるから……というものである。また渋沢は地域で起業が必要となると、自ら出資するとともに地元の人たちからたくさんの出資者を募り、地域企業を支えた。

「公共」―「自治」を追究しつづけた後藤新平と社会企業家渋沢栄一――二人の志は通底していたのである。

＊養育院は現在、地方独立行政法人東京都健康長寿医療センターの運営となり、高齢者の福祉医療総合施設として受け継がれている。

（いちかわ・もとお／後藤新平プロジェクト）

■連載・『ル・モンド』紙から世界を読む　122

塀の中の暗黒

加藤晴久

二月二一日、日本で三人の死刑囚が絞首刑を執行された。安倍晋三内閣が発足して二カ月後である。短命だった第一次安倍内閣の期間中、一〇人が処刑された。先進国で死刑が存続しているのはアメリカ、韓国、そして日本のみである。

日本には現在、一三四人の死刑囚がいる。史上最多の数字である。これらの人々は「死の廊下」に隔離され、何カ月も、いや何年も最後の日を待っている。毎日、明け方、彼らは廊下をやってくる看守の足音を数える。いつもより多ければ誰かが刑を執行されることを意味する。マサオ・アカホリは三一年間、毎朝、この戦慄を経験した末、再審の場で無罪を言い渡された。

一般に、日本の刑務所の生活条件は苛酷である。他の先進国の収容条件と比較して時代遅れな規律が敷かれている。一九〇八年制定の法律で管理されているのだ。「雑談禁止」「わき見禁止」の掲示。作業場、食堂は静粛の場である。グリーンの囚人服、サンダルにつば付きキャップの受刑者たちは一五分間の休憩時間と夕食後しか言葉を交わすことができない。前の者の後ろ首を見つめ、両腕を前後に振り、歩調を合わせて行進する。一日二回、身体検査がある。六〇日を超える独房隔離、手錠付き拘束胴着の使用などの制裁も科せられている。

刑務所以前の段階でも問題は少なくない。たとえば留置。二三日間、弁護士の立ち会いなしに被疑者を取り調べることができる。推定無罪の原則は尊重されていない。裁判はしばしば自白にもとづいておこなわれ、有罪判決が大半である。

日本政府は経済協力開発機構ＯＥＣＤ加盟国で最低の犯罪率を楯に死刑の存続と刑務所内の苛酷な規律を正当化している。他の諸国の刑務所で起こっている諸問題（暴動、麻薬使用、看守襲撃、喧嘩、脱獄など）がないのはそのためだ、という。

「日本の犯罪率の低さはたしかにうらやましい。しかし受刑者の人権を配慮しなくてよい、ということにはならない。」

三月二日付『ル・モンド』に載ったフィリップ・ポンス記者のコラムを紹介した。

（かとう・はるひさ／東京大学名誉教授）

リレー連載

いま「アジア」を観る　124

「アベノミクス」日本の役割

田村秀男

アジアのめざましい経済発展とともに、かつて日本で流布したヘーゲル・マルクス流「アジア的停滞」論は死語となった。復活したのは、シュペングラー流「西洋の没落」史観である。金融資本に偏重する米欧がリーマン・ショックやユーロ危機で動揺し続ける中、産業資本主導の「アジアの世紀」は米欧からも受け入れられつつある。

一国または地域全体の経済は投資、消費と輸出のいずれかが活発化すれば成長するのだが、市場経済のグローバル化なしに飛躍は不可能だ。アジアがまさしくそうで、七〇年代末の対外開放路線で高度成長の道筋をつけ、二〇〇一年一二月の世界貿易機関（WTO）加盟を機に急速に成長を遂げてきた中国が典型例だ。

もちろん、アジアには経済成長と共に格差拡大、環境破壊、汚職腐敗など大きなひずみが生じ、政治や社会制度の改革を迫られる。中国がまさにそうだが、放置していたら社会の安定や国民全体の生き死にに関わる。時間はかかっても彼らは自らの手で解決するだろう。

「アジアの世紀」を本物にするための、日本の役割とは何だろうか。外交、安全保障での信頼関係や自由貿易協定を築くのはもちろんだが、グローバルな金融波乱に共同でどう向き合うか。

一九七七、八年のアジア通貨危機の根源は、九五年夏以降の急激な円安にあった。東アジア通貨は割高となり、巨額の資本逃避が起きた。その反省から、日本主導で各国間の外貨融通の仕組みができ上がったのだが、アジア通貨が基軸通貨ドルに対して変動する仕組みは以前と同じだ。

「アベノミクス」日本は今、円安一筋だ。このままだと小刻みに対ドル・レートを切り上げる人民元や資本の流出入に左右される東アジア各通貨と円の均衡が再び狂ってくる可能性が大いにある。

妙案はある。円高が一定水準まで是正された段階で、日中間で協議して人民元の対円レートを固定する。次に、各国は円または人民元を基準に自国通貨を安定させる。日中の関係修復が待たれる。

（たむら・ひでお／産経新聞特別記者・編集委員）

連載　女性雑誌を読む　61

『女の世界』（一五）

尾形明子

一九一六（大正五）年七月『女の世界』（第二巻第八号）の巻頭グラビアに「女職業番付」として、それぞれの職業の代表格の写真が載る。ベースは「大正婦人録」だが、芸者（音丸）音楽家（三浦環）女医（吉岡弥生）髪結（伊賀虎）女優（松井須磨子）小説家（田村俊子）、他に無名で看護婦と美顔術師の写真が載る。番付の一、二位は芸者と音楽家だった。

同じ号に「竹柏会の女流の群れ」と題して、その誕生、歴史を評論家の〈白葉生〉が細述している。主宰者佐佐木信綱の「歌風の平明」「社交術」「古《いにしえ》の大宮人《おおみやびと》」を思わせる「風采都雅《ふうさいとが》」があいまって「上流貴顕の人々」、とりわけ「華族の夫人令嬢」及び「女学生と学者の夫人」が多く集まっているとする。「竹柏会」出身者として故大塚楠緒子、長谷川時雨をあげ、現在の「閨秀作家」として片山廣子、柳原白蓮、女優の森律子をあげる。会費は月に五〇銭、添削・指導は御礼として各自に任される。門下生の夢は自身の「家集」（歌集）を「心の華叢書」の一巻として出すことだった。信綱の許しを得て、選歌を依頼する。たとえば柳原白蓮の第一歌集『踏絵』（一九一五年三月）は、竹久夢二装幀・挿画の一六〇頁、三五九首。出版費用は五〇〇円といわれる。その他に御礼、出版祝会の費用等々、一〇〇〇円近くかかったのではないか。小学校教員の初任給が六〇円の時代だった。『翡翠』の歌人・片山廣子は日本銀行調査局長夫人、『白楊』の白岩艶子は日清汽船専務取締役夫人。上流階級の夫人令嬢の社交場といわれた由縁なのだろう。

日本近代文学館で、女性作家の書簡を編纂する機会があった。佐佐木信綱と女性たちの間に交わされたおびただしい書簡に息を呑んだ。短歌添削から古典の解釈、身の上相談まで細やかな師弟の関係があふれていた。白蓮が住んでいた福岡県飯塚の穂波川河川敷には「師の君の来ますむかふと八木山の峠の若葉さみとりのして」と刻まれた白蓮の歌碑がある。信綱を迎える心の弾みが聞こえる。現在に至るも脈々と続く竹柏会と歌誌『心の花』の歴史を改めて思う。

（おがた・あきこ／近代日本文学研究家）

■連載・生きる言葉　71

小栗上野介という存在

粕谷一希

> 薩長の討幕軍を前に、徳川慶喜の態度は、四転している。主戦論の演説をぶつかと思うと翌日には、幕軍を放り出しての逃亡を試みる。
>
> （高橋敏『小栗上野介忠順と幕末維新』岩波書店、二〇一三年）

この書物で幕末維新の主戦派、勘定奉行の要職にあった小栗上野介忠順《ただまさ》の周辺が明らかになった。著者高橋敏氏は近世村落史の研究家で、国定忠治や清水次郎長の研究書があり、今度の小栗論は頂点を目指すものといってよいであろう。

著者も語るように、野口武彦氏の慶喜周辺研究が積み重なり、京都上洛、二度の長州征伐周辺の実態は明らかになってきたが、高橋敏氏の研究は昭和二十七年に発見された『小栗日記』の分析が主となっている。そのことが大切だろう。『小栗日記』は感情を殺した交友録であり、十二代つづいた小栗家の家計簿が入っている。妻君や母親にわたす金は一部に過ぎない。

私のような維新好きには早くから小栗上野介が主戦派の中心人物であったこと、慶喜も小栗や松平容保を最後まで見放さなかったことは漠然と頭に入っていたが、とくに小栗が箱根に拠って食いとめれば、西軍、薩長連合軍は食いとめられると主張していた。

勝海舟が再浮上するのは慶喜が大坂城の数万の部下を見限って要人だけが江戸まで船で逃げ帰った時で、このことは何とも情けない話として映っていた。

こうしたリーダーを頂いていては、どんな軍隊も敗けることだろう。リーダーの態度がぐらついていてはどうにもならない。

英国、仏国の公使だけでなく、プロシヤの公使も「十五代つづいた名誉の家門も戦うこともなく滅びたのである」と判断していた。勝はそれまで謹慎を命じられていたのだが、慶喜は小栗、松平容保も退けて「勝を呼べ」という決断がでてきたのだ。人間社会の運命はわからない。

（かすや・かずき／評論家）

連載 ちょっとひと休み 2

披露宴いろいろ（一）

山崎陽子

最近、二つの結婚披露宴に招かれたが、どちらも仲人無しの結婚式だった。一つは知人の孫娘、一方は若い友人の長男だったが、いずれも若い二人が、自由に企画し、映像を駆使したり、友人たちの演奏や奇抜な余興などで、年配の人たちの度肝をぬいたかと思えば、最後に両親への感謝の手紙を朗読して、親も出席者も滂沱の涙、などというシーンも用意されていて……親たちの心配をよそに、構成も演出も見事なお手並みであった。

昔は、頼まれ仲人が殆どだったから、私たち夫婦も、かなりの仲人を経験した。規模の大小はあっても、都会のホテルの披露宴は、似たりよったりだが、地方の結婚式場の披露宴は、趣向をこらしていて面白かった。

新郎と新婦が、ゴンドラで天井から降りてきたり、壁がどんでん返しになっていて、いきなり煙と共に登場したり。残念ながら、その日は煙が多すぎて、仲人まで、煙に巻かれて掻き消えてしまったのだが。

司会者も会館付きのベテランともなると、テレビの時代劇のナレーションのような詠嘆調だったりする。一人娘の結婚で、父親は、ただでさえ複雑な心境なのに、司会者は、ここぞとばかり声を張り上げ、「蝶よ花よと育てた娘……今日はお立ちか花嫁御寮、ああ、父上様お世話になりました」妙な声色に、花嫁の父は、ついに号泣！　新郎が、仲人夫婦に訴えるように言った。「僕たち恋愛結婚なんですよ。でも何だか、僕が略奪したみたいに聞こえませんか」

指輪のサイズが合わなかったのか、宴のさなかに、薬指がタラコのように腫れ上がった新郎がいた。何とかせねばと思った時、目の前のバターに気づいた。早速、タラコ指にバターを塗って引き抜きを試み「痛い痛い。折れそうだ」と呻く新郎に、花嫁は平然と言ってのけた。「折れたって平気よ。うちのパパ、接骨医ですもン」

（やまざき・ようこ／童話作家）

連載　帰林閑話　221

八十四吟

一海知義

自分でも信じられないのだが、ことし私は何と八十四歳になった。

たまたま中国宋代の詩人陸游《りくゆう》（号は放《ほう》翁《おう》、一一二五—一二一〇）に、「八十四吟」と題する五言律詩三首がある。

その一首は、次のようにうたい出す。

七十　人　到るは稀《まれ》なるに
吾は過ぐること　十四年

「人生七十古来稀なり」とうたったのは、大先輩杜甫（七一二—七七〇）だったが、私はもうそれを十四年も超えてしまった。

交遊　輩行《はいこう》無く
懐抱《かいほう》　曾玄《そうげん》有り

「輩行」は、同年輩の者。「懐抱」は、胸、ふところ。「曾玄」は、「曾孫《ひまご》」と「玄孫《やしゃご》」。同年輩の友人はみな亡くなり、懐《ふところ》に抱いているのは、曾孫や玄孫ばかり。

このとき放翁にまだ玄孫（曾孫の子）はいなかったが、ここは言葉の綾《あや》。

飲むには　騎鯨《きげい》の客を　敵《あいて》とし
行くには　縮地《しゅくち》の仙を追えり

「騎鯨の客」は、李白の自称。「縮地の仙」は、『神仙伝』に見え、距離を縮めてしまう仙人。二句はいずれも超人ぶりを誇示する。

そして、さいごの二句。

城南　春事動き
小蹇《しょうけん》　又《ま》た翩翩《へんぺん》

「小蹇」は、放翁愛用のロバ。春に誘われ、ゆらゆらと出かける。

原詩を示せば、

七十人稀到　吾過十四年
交遊無輩行　懐抱有曾玄
飲敵騎鯨客　行追縮地仙
城南春事動　小蹇又翩翩

（いっかい・ともよし／神戸大学名誉教授）

四月新刊

デフレからの脱却と日本の未来

学芸総合誌・季刊

環【歴史・環境・文明】

Vol.53 '13春号

【特集】経済再生は可能か

〈インタビュー〉浜田宏一（聞き手＝片岡剛士）／ロベール・ボワイエ（植村博恭訳・構成）／若田部昌澄

〈寄稿〉安達誠司／片岡剛士／榊原英資／髙橋洋一／田中秀臣／田村秀男／中島將隆／中村宗悦／西部邁／原田泰／松尾匡

【緊急特集】「アルジェリア・テロ」事件とは何か

ストラ／ペロー／ダルモン／谷口侑／加藤晴久／伊勢﨑賢治

【小特集】『石牟礼道子全集』本巻完結に寄せて

渡辺京二／赤坂憲雄／池澤夏樹／金井景子／鎌田慧／河瀬直美／志村ふくみ／金大偉／鈴木一策／高村美佐／能澤壽彦／石牟礼道子

【小特集】『清朝史叢書』発刊に寄せて

清朝とは何か　岡田英弘

〈座談会〉『清朝史叢書』の現代的意義　宮脇淳子＋楠木賢道＋杉山清彦

〈寄稿〉大石芳野／米谷ふみ子／平川祐弘

〈書物の時空〉粕谷一希／市村真一／河野信子／平川祐弘／永田和宏／川満信一／中井真木／三田剛史

〈新連載〉小倉紀蔵／川勝平太＋梅原猛

〈連載〉石牟礼道子／金子兜太／松岡小鶴（門玲子・解説）／三砂ちづる／新保祐司／河津聖恵／能澤壽彦

菊大判　四三二頁　三七八〇円

『失われた時を求めて』発刊百周年

マルセル・プルーストの誕生

新編プルースト論考　口絵八頁

鈴木道彦

個人全訳を成し遂げた著者が、二十世紀最大の「アンガージュマン」作家としてのプルースト像を見事に描き出し、この稀有な作家の「誕生」の意味を明かす。長大な作品の本質に迫り、読者が自らを発見する過程としての「読書」というスリリングな体験に誘う名著。

四六上製　五四四頁　四八三〇円

読者を深く揺さぶる書

盲人の歴史

中世から現代まで

ジナ・ヴェイガン　加納由起子訳

序＝アラン・コルバン　口絵四頁

「歴史書の中には、夢想を刺激するものがある一方、読者を深く揺さぶるものもある。本書は、この後者に属する。我々が盲目に対して持っている考えの底深く、執拗に存続する非合理な謬見について自ら問いただすことを強いる力を持っている。」（コルバン「序」より）

A5上製　五二八頁　六九三〇円

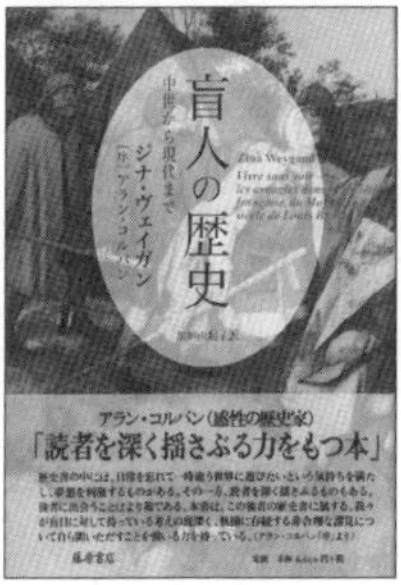

電磁波汚染が全生活を包囲している!!

携帯電話亡国論

携帯電話基地局の電磁波「健康」汚染

古庄弘枝

爆発的に普及する〝ケータイ〟〝スマホ〟。その基地局は幼稚園や小中学校の近くにも増えつづける。四六時中電磁波にさらされ、健康が冒されている。

四六判　二四〇頁　二一〇〇円

水俣の再生と希望を描く詩集

光り海

坂本直充詩集

坂本直充

推薦＝石牟礼道子

特別寄稿＝柳田邦男　解説＝細谷孝

「水俣病資料館館長坂本直充さんが詩集を出された。胸が痛くなるくらい、穏和なお人柄である。「毒死列島身悶えしつつ野辺の花」という句をお贈りしたい。」（石牟礼道子）

A5上製　一七六頁　二九四〇円

読者の声

福島 FUKUSHIMA　土と生きる■

▼大変失礼ですが、貴書店のものは全体に高価です。従って、あまりひんぱんに買うことはありません。大石芳野写真集は久方ぶりの購入。その価値はありました（あたりまえですが）。そこには撮らざるをえなかった著者（撮影者）の内発性、いわば思想的鋭意の必然性を強く感じ、こころの深部をうちました。殆ど、きばらない一つひとつのショット（シーン）からあふれる土と人のありのままを黒白ゆえの凝縮された高い質感に昇華されたと感じました。

（香川　**二志亜**　77歳）

▼大石芳野さんの写真、いつもすばらしすぎる。生きる。生きる。生きたい。

（奈良　施設職員　**大田裕庸**　60歳）

ユーロ危機■

▼三月二三日の学会で著者と質問、討議の予定があり、読解を急いでいる。御出版社は個性的な著者の出版をされることで知られています。

（東京　コンサルタンツ　**今井正幸**　76歳）

下天の内■

▼良い本を出していただきました。私の大学時代、ただ一人勇気を与えてくれた先生でした。

数冊買って、知人、友人に紹介します。志を曲げずに生きる人々に読んで欲しいと思います。

（埼玉　日本語教師　**中谷雄二**　66歳）

石牟礼道子全集　不知火⑮全詩歌句集■

▼句集「天」を読んでみたかったのです。とても感銘を受けました。

装丁もりっぱで、他の巻もこれから徐々に求めたいと思っています。

（北海道　**石黒正次**　70歳）

石牟礼道子全集　不知火（全17巻）■

▼全集完結を待ち望んでおりました。

石牟礼道子は宮澤賢治とともに小生が最も好きな作家です。

（千葉　**川島由夫**　69歳）

メドベージェフvsプーチン■

▼木村汎さんは中日新聞のソ連、ロシアのコメンテーターでいつも読んでいます。

ただハードカバーで本自体がぶあつくすごく重いので高齢者には読みづらい。手首が痛くなる。上中下の文庫本にしてほしい。

（愛知　薬剤師　**中西享子**　77歳）

サルトルの誕生■

▼清眞人さんの〝受難した子供の眼差し〟を底辺においた哲学を読むことができました。

人間の〈感性の先駆的構造〉―〈存在の危機（存在欲望の危機）〉―〈想像的人間（存在感の代理充足）〉の流れがよくわかり、『存在と無』に再びむき合いたくなりました。

〈相互性のユマニスム〉のキーワードに胸を熱くしました。

清眞人さんの講演会を希望します。

（東京　**桑原芳子**　72歳）

「移民列島」ニッポン■

▼私の住んでいる地域、掛川・菊川にも多くの外国人がいたことに驚きました。普段暮らしていて外国人を見かけますが、数字を見せられ、これほど多いことを実感しました。

（静岡　教員　**八木茂樹**　59歳）

歴史をどう見るか■

▼日本の現在を理解するにはアウトラインをしっかり勉強すべきと……参考になりました。

（山梨　**原藤千元**）

▼良書。感動的内容。

（兵庫　**川島好一**　89歳）

新渡戸稲造　1862-1933■

▼近年稀にみるすばらしい著作である。草原氏の強い意志と努力が感じられる。戦後の日本には知識あふれるエリート？？は七〇〇余りの新制大学で量産されたが、愛国心をもったエリートは殆ど育てられなかったのではないだろうか。真の教養豊かなエリートを育てる教育体系が要請される。著者に一言。「衣服哲学」では「サーターリザータス」の語を頻用しているがその意は？　四七四頁、貧しい東北地方の兵が軍に特に多かったのではなく、東北地方の兵に貧しい農村出身が多かったのではないか？

（東京　医師　**町田武久**　71歳）

▼日本の農学史を調べておりますが、本書はとても有益でした。

（東京　教員　**山本悠三**　65歳）

「排日移民法」と闘った外交官■

▼経済は〝グローバル〟を喧伝されているにもかかわらず、外交は点と点の二国間交渉の発想で見ていました。国際協調の難しさと重要性を改めて気づかされ、また先人の全霊をかけた努力を識り、外交のあり方を考えさせられたところです。

そして大正という時代に近代史の大きな手がかりがあると、感じているところです。

（岩手　地方公務員　**松川章**）

※みなさまのご感想・お便りをお待ちしています。お気軽に小社「読者の声」係まで、お送り下さい。掲載の方には粗品を進呈いたします。

書評日誌（三・一六〜四・一八）

(書) 書評　(紹) 紹介　(記) 関連記事
Ⓣ 紹介、インタビュー

三・一六　(紹)タウンわたらせ518号「福島FUKUSHIMA　土と生きる」（新刊レビュー）

三・一七　(紹)日本経済新聞「岡本太郎の仮面」（「あとがきのあと」／『顔』を描き続けた芸術家」）
(書)毎日新聞「最後の転落」（「ソ連崩壊『予言の書』から現代を解読する」／鹿島茂）
(紹)愛媛新聞『画家』の誕生」（「新刊」）
(書)西日本新聞「華やかな孤独　作家 林芙美子」（「女流作家が見た人物像」／梯久美子）

三・一九　(書)毎日新聞（夕刊）「華やかな孤独　作家 林芙美子」（「注目です」／「評伝でも小説でもなく」／棚部秀行）

三・二二　(紹)月刊美術四月号「岡本太郎の仮面」（「ＡＲＴ　ＢＯＯＫＳ　新刊案内」）

三・二三　(記)週刊読書人「満洲浪漫」（「康芳夫・大島幹雄対談〈サーカス・伝説の興行師・満洲浪漫〉」／「平岡正明と野毛人脈」／「アラビア大魔法団」／「長谷川濬と神彰」／「呼び屋の東大」）

三・二四　(書)産経新聞『画家』の誕生」（「読書」／「視覚芸術の自律と論理」／中村隆夫）

三・二六　(書)朝日新聞（名古屋本社版）「和歌と日本語」（「東海の文芸」／「論理にとどまらぬ読解」／荻原裕幸）
(紹)北海道新聞「福島FUKUSHIMA　土と生きる」（「新しい本」）

三・三〇　(記)東京新聞（夕刊）「石牟礼道子全集　不知火」（「土曜訪問」／「全集『不知火』が完結」／「胸の内　伝え継ぐため」／中村陽子）

三・三一　(書)毎日新聞「幻の野蒜築港」（「今週の本棚」）
(書)西日本新聞「最後の人　詩人　高群逸枝」（「読書館」／「母祖の系譜が響き合う」／上野千鶴子）

(書)毎日新聞「日本のアジア外交　二千年の系譜」(「今週の本棚」／「力を持つ『国家の物語』推薦・佐藤氏」／「歴史の極端化に問題」／池澤夏樹・松原隆一郎・佐藤優)

四・二　(記)聖教新聞「福島　FUKUSHIMA　土と生きる」(「写真家・大石芳野さんに聞く」／「放射能の津波」／「大地には両親、祖父母の人生が」／「根こそぎ奪った原発事故――」／「人々の悲しみと怒りを撮る」／「疎外される命」／「〝なぜ私ではなかったのか〟」／「誰にも被災者の可能性が」)

(書)毎日新聞(夕刊)「最後の人　詩人 高群逸枝」(「今週の筆者は」／「世紀越えることばの世界遺産」／上野千鶴子)

四・三　(記)福島民友「福島　FUKUSHIMA　土と生きる」(「福島の写真を見て精神的につながって」)

(記)福島民友「岡本太郎の仮面」(「旬英気鋭」／『岡本太郎の仮面』貝瀬千里さん」／「自由で冒険的な研究」)

四・四　(記)朝日新聞(夕刊)「華やかな孤独　作家 林芙美子」(「林芙美子　満州の戦意新聞に二作品」／「決戦『陰に陽に力を』」／大久保真紀)

四・五　(紹)週刊読書人「メドベージェフVSプーチン」(「著者から読者へ」／「二つのロシアの闘い」／木村汎)

(記)朝日新聞『画家』の誕生」(『ルドン』展」)

四・七　(書)河北新報「岡本太郎の仮面」(「読書」／「大衆に向かう真の芸術」／山本和弘)

(書)北海道新聞「幻の野蒜築港」(「鳥の目　虫の目」／「渚から近代を問いかけて」／赤坂憲雄)

四・九　(紹)読売新聞「石牟礼道子全集　不知火」(「石牟礼道子さん全集完結」／「人間そんなに偉くない」)

四・一〇　(記)(ロベール・ボワイエ)「クラブゲスト」(「絵図のない欧州」／気仙英郎)

(紹)出版ニュース「岡本太郎の仮面」(「ＢＯＯＫ　ＧＵＩＤＥ」)

四・一四　(書)読売新聞「岡本太郎の仮面」(「芸術と思想を読み解く」／岡田温司)

(紹)東京新聞「後藤新平と日露関係史」(「読む人」／佐々木洋)

(紹)日本経済新聞「小説　横井小楠」(「読書」)

四・一六　(紹)週刊新潮「岡本太郎の仮面」(「十行本棚」)

(紹)毎日新聞(夕刊)「歴史の不寝番」(「特集ワイド」／「戦争すれば南北とも全滅」／「米軍艦プエブロ号、謎の移送」／「平壌の本音は「米朝平和協定」)

四月　(紹)聖路加看護大学図書館ＨＰ「シモーヌ・ヴェイユ『犠牲』の思想」(「るかこの棚　おすすめ本リスト」／中山令子(研究支援室))

四月号　(紹)機械設計「ハイチ震災日記」(「編集子の読書日記」)

(書)望星「和歌と日本語」(「ＢＯＯＫＳ」／「和歌に探る、共鳴する心」／松永裕衣子)

(紹)北斗「華やかな孤独　作家 林芙美子」(「力まかせに生きた人――尾形明子著『華やかな孤独　作家 林芙美子』のことども」／竹中忍)

(紹)北斗「華やかな孤独　作家林芙美子」「長谷川時雨作品集」(「座右の書(作家論二)」／「四一三、尾形明子」ひたすら書いた人たち(四二)」／清水信)

六月新刊

＊タイトルは仮題

世界史を打ち立てた歴史家の集大成！

岡田英弘著作集　発刊！（全八巻）

1 歴史とは何か

内容見本呈

岡田英弘

旧来のアカデミズムを打ち破り、世界で初めて各国史をのり超え、前人未踏の世界史の地平を切り拓いた歴史家の集大成、発刊。第一巻は、歴史のある文明と歴史のない文明、時代区分は古代と現代の二つ、等、根源的で骨太な〝岡田史学〟の真髄。

月報＝J・R・クルーガー／山口瑞鳳／田中克彦／間野英二

日本思想史の大家による金字塔

横井小楠研究

源了圓

幕末・開国期において世界を視野に収めつつ「公共」の思想を唱導、近代へ向かう日本のあるべき国家像を提示し、維新の志士たちに多大な影響を与えた思想家・横井小楠（一八〇九―六九）の核心とは何か。江戸思想と日本文化論を両輪として日本思想史に巨大な足跡を残してきた著者の五〇年超にわたるライフワークを集大成した、横井小楠研究の金字塔。

未踏の「横井小楠山脈」を初めて描く

横井小楠の弟子たち

熊本実学派の人々

花立三郎

横井小楠の理想と世界観に多大な影響を受け、近代日本に羽ばたいた弟子たち――牛嶋五一郎、荘村助右衛門、徳富一敬、内藤泰吉、河瀬典次、山田武甫、嘉悦氏房、安場保和――の人物像と業績を初めて掘り起こし、「横井小楠山脈」の全貌に迫った、著者の永年の業績を集大成。

たった一人でシルクロードを歩いた男

ロング・マルシュ　長く歩く

ベルナール・オリヴィエ

内藤伸夫・渡辺純訳

妻を亡くし、仕事を辞し、自らの精神を見つめて一歩一歩を踏みしめていったとき、当たり前と思っていたことが一つ一つ削ぎ落とされていく。歩く――最も根源的な行為から見えたこととは。仏の話題作の完訳。

石牟礼道子論の決定版！

石牟礼道子の世界

初期作品から書き下ろしの戯曲まで石牟礼道子の全作品を収録した全集一七巻の完結を機に、解説・月報・その他一〇〇人以上の寄稿を集成。作品論から人物像にいたる、多面的かつ重層的な石牟礼道子論の決定版。

5月の新刊

タイトルは仮題、定価は予価。

親鸞から親鸞へ〈新版〉 ＊
現代文明へのまなざし
三國連太郎＋野間宏
四六判 三五二頁 二七三〇円

卑弥呼コード 龍宮神黙示録 ＊
海勢頭豊
A5判 三七六頁 三〇四五円

10万人のホームレスに住まいを！ ＊
アメリカ「社会企業」の創設者
ロザンヌ・ハガティの挑戦
青山佾
A5判 二四八頁 二三一〇円

口で鳥をつかまえる男 ＊
アズィズ・ネスィン短篇集
護雅夫＝訳
四六上製 二三二頁 二七三〇円

峡（かい）**に忍ぶ** ＊ 序＝金子兜太
秩父が生んだ女流俳人、馬場移公子
中嶋鬼谷編著 跋＝黒田杏子 口絵四頁
四六上製 三八四頁 三九九〇円

6月刊

岡田英弘著作集（全8巻） 発刊
1 歴史とは何か ＊
月報＝J・R・クルーガー／山口瑞鳳／田中克彦／間野英二

横井小楠研究 ＊
源了圓

横井小楠の弟子たち ＊
熊本実学派の人々
花立三郎

ロング・マルシュ 長く歩く ＊
ベルナール・オリヴィエ
内藤伸夫・渡辺純訳

石牟礼道子の世界
赤坂憲雄／池澤夏樹／伊藤比呂美／今福龍太／臼井隆一郎／永六輔／加藤登紀子／河瀬直美／金石範／志村ふくみ／土屋恵一郎／鶴見俊輔／原田正純／町田康／三砂ちづる／水原紫苑／渡辺京二 ほか

好評既刊書

『環』 歴史・環境・文明 53 13・春号 ＊
〈特集 経済再生は可能か〉
浜田宏一／安達誠司／榊原英資／田中秀臣／田村秀男／中村宗悦／西部邁／原田泰／松尾匡／R・ボワイエ／若田部昌澄ほか
菊大判 四三二頁 三七八〇円

盲人の歴史 ＊
中世から現代まで 序＝A・コルバン
Z・ヴェイガン 加納由起子訳 カラー口絵四頁
A5上製 五二八頁 六九三〇円

マルセル・プルーストの誕生 ＊
新編プルースト論考 口絵八頁
鈴木道彦
四六上製 五四四頁 四八三〇円

携帯電話亡国論 ＊
携帯電話基地局の電磁波「健康」汚染
古庄弘枝
四六判 二四〇頁 二一〇〇円

光り海 ＊ 推薦＝石牟礼道子
坂本直充詩集 〈特別寄稿〉柳田邦男
〈解説〉細谷孝
A5上製 一七六頁 二九四〇円

小説・横井小楠
小島英記
四六上製 六一六頁 三七八〇円

竹山道雄と昭和の時代
平川祐弘
A5上製 五三六頁（口絵一頁） 五八八〇円

京都環境学
宗教性とエコロジー
早稲田環境塾編（代表・原剛）
A5判 一九二頁 二一〇〇円

欲望する機械
ゾラの「ルーゴン＝マッカール叢書」
寺田光德
四六上製 四二四頁 四八三〇円

〈新版〉**四十億年の私の「生命」**
生命誌と内発的発展論
中村桂子・鶴見和子
四六上製 二四八頁 二三一〇円

＊の商品は今号に紹介記事を掲載しております。併せてご覧戴ければ幸いです。

書店様へ

▼3/17(日)『日経』「あとがきのあと」欄での絶賛紹介を皮切りに、共同配信での著者インタビューも続々掲載の**貝瀬千里『岡本太郎の仮面』**、今度は4/14(日)『読売』で岡田温司さん絶賛書評！
▼4/14(日)『日経』で早くも**小島英記『小説 横井小楠』**が紹介され大反響。今後も各紙誌書評紹介続々予定。歴史と文芸の二箇所で大きくご展開を！
▼4/18(木)『毎日』(夕)「特集ワイド」欄で**『歴史の不寝番』**の**鄭敬謨**さん、「祖国統一に生涯をささげる『亡命』韓国人」と題してインタビュー記事が大きく掲載され再び大反響！ 在庫ご確認下さい。
▼4/16(火)水俣病認定最高裁判決を受け、4/17(水)には各紙「水俣病判決『かすかな希望』石牟礼道子さんに聞く」として石牟礼道子さんのインタビュー記事を大きく掲載！ 同じく、4月に**『光り海』**刊行の前水俣病資料館館長**坂本直充**さんも大きく紹介！「前資料館長坂本さん／差別おそれ避けてきた検診／認定申請を決心」。「水俣病」フェアをぜひ！ （営業部）

出版随想

▼今から二十六年前になるだろうか。作家の野間宏さん宅に伺った際、三國連太郎さんの話が出た。すばらしい親鸞の映画が出きた、自分も試写を観てパンフレットに推薦文を書いたとのことだった。同時期に、友人のM氏から、三國さんが監督第一作の映画を作ったので試写を観ませんかとのお誘いを受け、松竹本社で観ることになった。

▼所感は、この映画はストーリー性がないだけに難解だが、親鸞の生きた時代を映している。踏《た》鞴《たら》場で踏みすぎて土炉が吹っ飛ぶシーンを観ると、二年前に起こった原発事故を想う。又、砂鉄廃棄物が近くの川に流れて魚が腹を上向けに死んでいる姿は、水俣病を想い起こす。まさに現代社会の姿そのもののリアリズムを感じさせる。

▼しかし、映画は国内では不評で、商業ベースには乗らなかった。それが'87カンヌ国際映画祭で審査員特別賞に輝き、国境を超えて評価する人が居た。アメリカの作家、ノーマン・メイラー氏が絶賛したということだ。

▼これを機に、野間さんと三國さんの対談を企画し、箱根で三日間二十余時間話し合っていただいた。この記録をまとめたのが『親鸞から親鸞へ――現代文明へのまなざし』である。この難解な映画作品をどう読み解くか。野間さんには、かなり長目の注・解説を随所に付けていただいた。三年が経過して野間さんは末期のガンで入院を余儀なくされた。しかし、五校、六校と朱入れは留まることなく、最後は、ゲラをもぎとるようにして責了した。'90年の暮れも押し詰まって新著が出き上がった。もう独力で椅子に腰を下ろすことも出きない程衰弱しておられた野間さん。二週間後に息を引き取られた。

▼三國さんは、野間さんを自分の最良の理解者として大変尊敬しておられた。人間が作り出した差別の問題を生涯を賭けて考え抜き行動した両者。公害の原点ともいわれる足尾鉱毒事件を描いた『襤褸《らんる》の旗』で田中正造を演じた三國さん。原発をはじめ環境と生命の問題に'70年代から取り組んできた野間さん。

▼三國さんの最期の走り書きに「どう闘って生きるか？」とあったようだが、いかにも三國さんらしい言葉と思う。合掌　（亮）